저는 살짝 비켜 가겠습니다

세상의 기대를 가볍게 무시하고 나만의 속도로 걷기

저는 살짝 비켜 가겠습니다

아타소 지음

김진환 옮김

웅진지식하우스

프롤로그

인생의 주도권을 찾는 연습

나는 여자로서의 자신감이 전혀 없다.

이력서의 성별란에는 자연스럽게 '여자'라는 글자 위에 동그라미를 친다. 볼일이 급할 때는 붉은 마크를 향해 뛰어간다. 치마를 입거나 화장하는 것도 좋아한다. 여자 할인이나 우대는 언제든 환영이다. 연애 대상은 항상 남자였지만 여자들끼리 어울려 술을 마시는 걸 즐거워한다.

하지만 주변 여자들과 나를 비교하면 압도적으로 뭔가 부족하다는 느낌이 든다. 같은 '여자'인 것이 미안하게 느껴질 정도다. 부끄럽다. 대체 내겐 무엇이 부족한 걸까? 남자를 유혹하는 페로몬이나 섹시함 같은 능력? 아니면 귀여운 외모가 불러일으키는 보호 본능? 확실히 그런 자질이 부족한 건 사실이다.

사회가 여자에게 요구하는 능력이 없다는 사실은 내게 다양한 영향을 미쳤다. 예를 들면 나는 내 외모가 정말 싫었다. 추하다는 생각까지 했다. 솔직히 지금도 그 생각에서 완전히 해방되지 못했다. 성격도 붙임성이 없고 솔직하지 못한 편이다. 왠지 싫은 부분만 눈에 잘 띄는 것 같다. 자신감과 외모, 성격에 대한 콤플렉스 중 어느 것이 가장 심각한지는 모르겠다. 하지만 그런 가운데서도 나만의 장점을 발견할 수 있었다면 조금은 달라졌을 거라고 생각한다. 이렇게 자신감이 부족해지면 열등감은 엄청난 기세로 자라나기 시작한다.

내가 여자라는 사실을 잊어버릴 수 있다면 얼마나 좋을까? 그럴 수만 있다면 주변 사람들과 비교하면서 자신감이 떨어지는 일도 없을 텐데 말이다. 어쩌면 마음 내키는 대로 생활하는 내 모습을 있는 그대로 받아들이고, 내가 가진 모든 콤플렉스 또한 이겨낼 수 있을지도 모른다.

이처럼 콤플렉스 덩어리인 내가 한 여자로서, 또 인간으로서 제대로 살아가려면 어떻게 해야 할까? 어떻게 하면 나 자신을 사랑하는 것이 가능해질까? 나는 여자로서 자신에게 부끄럽지 않게 당당히 살아가고 싶다. 지금은 예전보다 콤플렉스에 너그러워졌지만, 여전히 나는 사회의 무책임한 말들에 흔들린다. 부디 몇 년 뒤에 이 책의 내용이 바보 같다고 웃어넘길 수 있기를 바란다.

이 책을 구입하고 읽어주시는 분들 중에서도 사회가 기대하는 대로 '여자답게' 행동할 수 없는 사람, 아무리 노력해도 콤플렉스를 극복하지 못하는 사람, 자신을 있는 그대로 받아들이지 못하는 사람이 분명 있을 것이다. 그런 분들이 이 책에서 도움을 얻길, 이 사회에서 여자로 살아가는 일을 조금이나마 편하게 여길 수 있게 되길 바란다.

차례

3

이 정도의 거리가 좋다

4

어른이 된다는 것

1

여자다움을 그만두다

못난이 행성 출신

'못난이'. 못생긴 외모를 이보다 더 잘 표현하는 말이 또 있을까? 아무리 스스로를 아름답다고 여기는 사람이라도 이 한마디면(이에 준하는 말. 예를 들어 '못생겼다') 쉽게 상처를 입고 무력해질 것이다.

이런 잔인한 말을 주위 사람에게서 들으면 그게 언제였는지, 어떤 상황에서 어떤 대화를 나눌 때였는지 사소한 것까지 머릿속에 선명히 남는다. 말한 사람은 예전에 자신이 그런 말을 했다는 것도, 상처를 줬다는 사실도 잊어버리지만 들은 사람의 마음에는 그 말이 가시처럼 깊이 박혀 오랫동안 빠지지 않는다. 예쁜 원피스를 찾아냈을 때도, 조금 비싼 미용실에 머리를 하러 갔을 때도, 방에서 순정 만화를 읽을 때마저 '못난이' 라는 세 글자가 머릿속 어딘가에서 똬리를 틀고 있는 것이다.

못생기고 형편없는 외모는 오랫동안 내 콤플렉스였다. 지금은 조금 나아지긴 했지만 나는 언제나 못생긴 외모 때문에 괴로웠다. 못생긴 내가 미웠다. 심할 때는 '이런 얼굴로 살아갈 바에야 차라리 죽어버리는 편이 낫겠어'라고 생각하기도 했다. 평범한 외모의 친구들과 나란히 걸어가는 것도 창피했고, 미안하기까지 했다. 왜 하필 이런 얼굴로 태어났는지 내내 고민했다.

화장실에 들어가 거울에 비친 나를 볼 때마다, 지하철 안 창유리에 비친 내 모습을 볼 때마다 눈을 피하고 싶어졌다. 이런 내 외모가 가짜라면, 거울이나 유리에 비친 내 모습과 남들이 보는 내 모습이 다르다면 얼마나 좋을까?

내 얼굴이 싫었다. 나 같은 못난이가 여자라는 사실도 싫었다. 그리고 무엇보다 이런 자신을 받아들이지 못하는 내가 정말 싫었다. '못난이'는 내 인생에 걸린 최악의 저주였다. 이 저주가 풀리는 날은 영원히 오지 않을 것만 같다.

콤플렉스에는 반드시 원인이 있다. 내 경우 그 원인은 어렸을 때부터 내가 예쁘지 않다는 것을 스스로도 어렴풋이 알았던 데서 기인한다. 어떻게 알았느냐면 어렸을 때부터 어머니가 나를 '못난이'라고 불렀기 때문이다.

남들에게 이런 이야기를 털어놓으면 백이면 백 "에이, 그건 짓궂은 애정 표현이지" 혹은 "나도 그런 말 들어봤어"라는 대답이 돌아온다. 하지만 그런 의미가 아니었다는 것 정도는 아무리 어려도 안다. 그 단어는 심각한 트라우마가 될 만큼 내 인생에 커다란 영향을 미쳤다. 설령 일종의 애정 표현이었다 해도 쉽게 납득할 수 없었다.

어머니가 날 그렇게 부른 건 다른 아이들에 비해 못나 보이는 자신의 딸을 도저히 사랑할 수 없었기 때문이라는 게 내 생각이다. 그 정도는 지나친 비약일지도 모르지만 어쨌든 어머니의 눈에 비친 나는 못난이였고, 조금도 귀엽지 않았다. 그래서 보이는 그대로 말씀하셨을 뿐이다.

또한 어머니는 칭찬을 거의 하지 않았다. 자식을 칭찬해봐야 좋을 것이 없다고 생각했는지 "왜 엄마는 나한테 칭찬 안 해줘?"라고 묻자 "칭찬이 무슨 의미가 있다고"라고 대답한 것을 아직도 기억한다.

칭찬을 무의미하다고 여겨 자식을 혼내기만 하면서 키운 어머니. 어머니에게 예쁨 받고 싶어서, 조금이라도 칭찬을 받고 싶어서 보답받지 못할 노력을 계속했던 나. 우리 두 사람은 끝내 서로를 이해하지 못한 채 평행선을 달릴 뿐이었다. 어머니의 사랑을 갈구하는 내 말과 행동은 당연히 어떤 목적도 달성하지 못했다.

내가 어머니의 사랑과 칭찬에 집착하는 이유 중 하나는 내가 일곱 살 때 태어난 여동생의 존재였다. 여동생은 나와 닮은 구석이 전혀 없었다. 취미와 취향, 사고방식뿐만 아니라 외모와 성격까지 달랐다. 하얗고 깨끗한 피부에 눈도 크고 맑았으며, 부모님이 바라는 일을 무엇이든 쉽게 해내는 아이였다.

막내라서 그랬는지도 모르지만 여동생은 부모님의 사랑을 많이 받았다. 나는 부모님이 여동생에게 "못난이"라고 하는 걸 한 번도 본 적이 없다. 언제나 "예쁘다"고만 했다. 마치 내게 하지 못했던 말을 전부 여동생에게 하는 것 같았다. 그렇게나 쉽게 예쁘다는 말을 듣는 여동생이 부러웠다. 여동생과 비교해서 어떻다느니, 여동생은 귀여운데 너는 왜 그러냐는 식의 말을 들은 적은 없지만, 아주 약간의 차별 내지 희미한 경계선

같은 것이 분명 존재했다. 어쩌면 나는 그걸 깨달아서는 안 됐는지도 모른다.

나는 부모님에게 내 이야기를 거의 하지 않았지만 여동생은 자기 주변에서 무슨 일이 있었는지를 숨기지 않고 전부 이야기하는 편이었다. 어머니 입장에서는 당신께 의지하는 자식이 더욱 귀엽게 보였을 것이다.

아이를 셋 낳은 친구가 "아이들은 똑같이 예뻐"라는 말을 한 적이 있다. 하지만 정말 그럴까? 정말로 자식들을 평등하게 예뻐할 수 있을까? 아무리 친자식이라도 서로 맞지 않는 부분이 있고, 자연스레 자신과 더 잘 통하는 아이가 있기 마련이다. 그러니 모든 자식을 평등하게 대할 수는 없다고 생각한다.

아무튼 이런 유년시절을 거치면서 '어쩌면 나는 예쁘지 않을지도 몰라'라는 의문은 확신으로 바뀌었다. 그와 더불어 외모에 대한 자신감뿐 아니라 여성성에 대한 자신감까지 내 의식의 수면 밑으로 사라지기 시작했다.

여자라는 생물학적 사실과 외모는 상관없다고들 하지만 실상은 전혀 그렇지 않다. 어렸을 때 본 애니메이션의 여주인공은 전부 핑크색과 프릴, 리본으로 치장한 귀여운 여자아이였다. 마치 밝고 귀여운 '주인공'스러운 여자아이만 핑크색 드레스를 입을 수 있다는 듯이 말이다.

못난이인 나는 자연스레 여자아이들이 좋아하는 것으로부터 멀어졌다. 남자아이에게 호감을 갖는 것이나 밝은 색 혹은 파스텔 톤의 옷을 입는 것은 예쁜 여자아이들만의 특권이라 생각했다. 나는 어렸을 때부터 핑크색 물건을 고르지 않았고, 여자답게 행동하는 것을 철저히 피하게 됐다. 심지어 서점의 순정 만화 코너에 가는 것조차 부끄러웠다. 아무튼 나는 여자로 태어난 내가 싫었다.

나는 내 안에서 조금이라도 여자다운 취향이 있으면 최대한 억누르려 했는데, 그 성향은 어른이 된 지금도 여전히 남아 있다. 속옷 가게나 피부관리실, 미용실, 백화점 1층의 화장품 코너 같은 곳에 가는 것도 조금은 두렵다. 어렸을 때보다는 자신을 더 좋아하게 된 지금도 그런 곳에 가려면 용기를 내야 한다. 여자의 아름다움을 가꾸고 유지하기 위한 공간에 나 같은 못난이가 들어가면 안 될 것 같아 송구스러운 기분이 든다.

물론 머리로는 안다. 누구나 그런 곳에 갈 권리가 있고, 오히려 콤플렉스가 없다면 갈 필요도 없는 장소라는 사실을 말이다. 하지만 막상 그런 곳에 가면 서 있기도 힘들 만큼 그곳의 분위기에 짓눌린다. 친절하게 응대해주는 직원들이나 가게 안의 상품들이 내겐 가당치 않게 느껴질 만큼 너무나 눈부시다. 내내 방문 목적을 달성하고 싶은 마음과 당장이라도 도망치고 싶은 마음이 팽팽하게 맞서는 탓에 가게에서 나올 때쯤이면 항상 기진맥진한 상태가 되곤 한다.

그건 분명 여성성에 대한 자신감이 결여되어 있기 때문일 것이다.

내가 어른이 된 뒤로는 어머니가 나를 못난이라고 부르는 일도 자연스럽게 사라졌다. 대화 자체를 거의 하지 않게 됐기 때문인지도 모른다. 서로 할 이야기가 없어지고 집에 있는 것마저 거북해지자 나는 독립해 따로 살게 됐다. 이제는 특별한 용건이 있지 않는 한 어머니와 연락조차 하지 않는다.

하지만 어머니한테서 들어왔던 못난이의 저주는 여전히 유효하다. 남들이 어떻게 생각하는지, 보편적인 기준에서 봤을 때 내 외모가 어떤지는 상관없다. 오랫동안 못난이라는 말에 짓눌린 나는 어른이 된 지금도 자신을 자랑스럽게 여기지 못한다. 이렇게밖에 생각할 수 없으니 나는 못난이다. 나는 남들이 나를 어떻게 생각할지 늘 두렵다. 누군가 내 얼굴을 유심히 바라볼 때마다, 다른 이와 시선이 마주칠 때마다 도망치고 싶어진다.

사회인이 된 지금은 화장으로 단점을 얼마든지 숨길 수 있고 돈만 있다면 성형 수술을 할 수도 있다. 그러나 화장이나 수술로 지금의 내 외모를 바꿀 수 있다 해도 과거에 들었던 말을 지우거나 기억을 수정할 수 없고, 메스로 마음속을 열어 콤플렉스와 함께 마음의 상처를 적출해낼 수도 없다.

내가 여자로 존재하는 한, 내가 여자라는 사실을 떠올릴 때마다 못난이라는 말은 나를 깊은 밑바닥까지 떨어뜨린다. 아무리 많은 사람에게서 괜찮다는 말을 들어도, 내가 존경하는 사람에게 인정을 받아도 이 저주는 쉽사리 풀리지 않는다. 사람들이 아무리 날 예쁘다고 해주고 좀 더 자신감을 가지라며 격려해줘도 내겐 진심으로 들리지 않는다. 그저 노력해도 외모에 자신감을 가지지 못하는 내가 불쌍해서 들려주는 위로라 여겨질 뿐이다. 남이 해주는 칭찬을 그냥 기쁘게 받아들이면 좋을 텐데, 나는 부모님에게조차 칭찬 한 번 못 받아봤기에 다른 사람의 인정을 마음으로 받아들이지 못한다.

나는 말이 주는 상처의 깊이를 잘 안다. 가시 돋친 말이 사람을 얼마나 슬프게 만드는지, 얼마나 심한 콤플렉스를 불러

일으키는지. 그래서 적어도 내 주변 사람들에겐 저주의 말을 하고 싶지도, 듣고 싶지도 않다.

내게 못난이라는 말은 저주다. 이 저주는 그 어떤 말로도 풀리지 않고, 어쩌면 죽을 때까지 혹은 여자이길 포기할 때까지 나를 괴롭힐 것이다. 이 저주에 걸린 사람이 세상에 나 혼자만은 아닐 거라는 사실만이 내게는 약간의 위안이 된다. 그리고 나는 분명 우리가 지금보다 조금은 편안해지고, 긍정적인 자세를 가지도록 돕는 일을 할 수 있을 거라고 생각한다.

못난이로 살아온 내게 일어난 일들, 거기서 느꼈던 감정들, 생각들을 글로 꺼내어 마음을 정리해서 과거의 나를 조금이라도 구원해주고 싶다. 이 과정에서 나를 비롯해 단 한 사람이라도 구원을 받는다면 더 바랄 것이 없다. 부정적인 생각을 조금이나마 긍정적으로 고치고, 자신의 모습을 있는 그대로 받아들일 수 있는 계기가 된다면 좋겠다.

그 바람을 담아 조금씩 글을 쓰기 시작한 것이 지금에 이르렀다. 내 글이 그녀들에게 위안과 위로가 되었으면 한다. 물론 그저 글 하나로 쉽게 저주가 풀리지는 않을 것이다. 나 또한 그러니 말이다. 부디 이 저주가 여기서 멈추기를, 더 이상 확산되지 않기를 진심으로 바란다.

콤플렉스와 싸우다

나는 "전혀 못난이가 아닌데요?!"라는 말을 듣는다 해도 딱히 기쁘지 않다.

내가 이렇게 책을 낼 수 있게 된 이유는 내 외모를 비하하는 유머가 트위터에서 인기를 끌었기 때문이다. 끔찍이 싫은 내 외모와 화해할 수 있는 유일한 방법은 그것을 웃음으로 승화시키는 것뿐이었다. 그러다 보니 어느새 내 외모를 가능한 한 우스꽝스럽게 깔아뭉개서 남들을 웃게 만드는 것은 자연스러운 일이 돼 있었다.

이렇게 오랫동안 내 외모를 개그 소재로 삼아온 결과, 처음 만난 사람과 인사할 때 "전혀 못난이가 아닌데요?!", "생각했던 것보다 귀엽잖아요!"라는 말을 듣는 경우가 종종 있다. 상대의 진심이 어떤지는 둘째치고 말이다.

상대방은 단순히 칭찬해주려는 의도일 수도 있고 자신이 느낀 솔직한 인상을 이야기한 것뿐인지도 모른다. 내가 스스로를 '못난이'라고 말해온 거야 모두들 아니까 '그렇게까지 신경 쓸 필요 없을 텐데', '좀 더 자신감을 가져도 좋을 텐데' 같은 좋은 뜻을 담아 가볍게 이야기해주는 것일 수도 있고 말이다.

하지만 그런 말을 들을 때마다 내 심경은 무척이나 복잡해진다. 일단 겉으로는 미소를 지으며 "그런가요? 고맙습니다" 처럼 가장 무난한 대답을 한다. 상대가 나쁜 의도로 꺼낸 말이 아니라는 것은 잘 알지만 내 마음에는 살짝 상처가 남는다. 지금까지 콤플렉스와 싸워온 내 모든 갈등과 고민이 가벼운 말 한마디에 어디론가 훅 날아가버리는 느낌이 들기 때문이다. 마치 지금까지의 노력이 전부 헛수고였던 것처럼 말이다. 하지만 이 상처를 어떻게 치유해야 할지 몰랐던 탓에 나는 언제나 적당한 미소로 얼버무린 뒤 마음에 난 생채기를 그냥 묻어두기만 할 뿐이었다.

나는 오랫동안 내 외모에 대해 강한 콤플렉스를 갖고 있었다. 지금은 예전만큼 심하지 않지만 이따금씩 거울에 비친 내 모습을 볼 때면 '역시 마음에 들지 않아' 하고 진지하게 생각하곤 한다. 내가 생각하는 것 이상으로 주변 사람들이 나를 못생겼다고 여기는 것 같아 섬뜩할 때도 있다.

친구나 애인을 비롯한 주변 사람들이 아무리 내 외모를 칭찬해도 나는 진심으로 받아들일 수 없었다. 단순한 인사치레로 느껴지기도 했거니와 다들 내 외모 콤플렉스를 잘 아는 만큼 내게 조금이라도 자신감을 심어주기 위해 그냥 하는 말일 거라고 단정 지었다.

콤플렉스라는 건 남들에게 인정받고 싶은 욕구가 충족된다 해서 사라지는 것이 아니기 때문에 결국은 스스로 극복하는 수밖에 없다. 외모에 대한 칭찬을 들을 때마다 '이건 그저 위로일 뿐이야. 내가 나를 받아들여야 해'라고 다짐하듯 생각한다.

"왜 자신을 그런 식으로 비하하는 거야?"라는 말을 들은 적도 있다. 내가 콤플렉스를 극복해나갈 수 있는 방법은 그 콤플렉스 자체를 웃음거리로 만드는 것뿐이었다. 아직은 추한 내 외모를 똑바로 마주하는 법을 전혀 모르겠으니 차라리 개그 소재로 삼아버리자고 생각한 것이다.

내가 못난이라는 사실과 그 때문에 생긴 콤플렉스를 인정하고 그것을 하나의 웃음거리로 만들어 주변 사람들에게 제공할 때면 적어도 내가 무리의 일부가 됐다는 느낌을 받을 수 있었다. 이 외모를 포함해 나 자신을 있는 그대로 받아들여도 괜찮을 것 같았고 말이다. 내가 계속 방어적인 자세만 취하면 사람들과 함께하더라도 외모 때문에 무시당하는 일은 없을 거라고 생각했다.

그랬기에 나는 내 못난이 개그에 사람들이 웃어주는 것만으로도 좋았고, 조심성 없는 남자 사람 친구들이 심한 농담을 해도 '난 못난이니까 저런 말을 들어도 어쩔 수 없지 뭐'라고 생각하며 실없이 웃기만 했다. 내 외모는 그 자리에서 하나의 개그로 받아들여져 모두에게 웃음을 안겨줬다.

하지만 그럴 때마다 내 안에선 여성적인 부분이 쿡쿡 쑤셔왔다. 얼굴로는 자연스럽게 미소를 짓지만 마음속에는 지독한 상처가 남았다. 내 외모가 웃음거리가 되는 상황이 자연스러워지자 사람들은 아무리 심한 표현이 나와도 그것을 부정하지 않기에 이르렀다. 어떻게 보면 내가 편해질 수 있는 방법을 찾아낸 셈인데도 나는 마음 깊은 곳에서 왠지 모를 위화감과 거북함을 느꼈다. 밝고 웃긴 못난이로 계속 행동해왔건만 마음속 어딘가에서는 그런 나를 부정하고 있었던 것이다.

그러다 사회인이 되고 난 뒤에야 전환점이 찾아왔다. 내 첫 직장은 말도 안 되는 악덕 기업으로, 이른 아침에 출근해서 막차 시간에 퇴근하는 것을 당연시하는 회사였다. 적은 월급이었음에도 매일같이 집과 회사만 왕복하다 보니 상당한 돈이 쌓였다. 착실하게 늘어나는 통장의 잔액을 보며 이 돈을 콤플렉스 극복에 쓰기로 결심했다. 뼈아픈 실연을 당하거나 친구에게 심한 말을 들었다는 등의 드라마틱한 전개가 있었던 것은 아니다. 단지 어쩌다 보니 금전적 여유가 생겼고, 이렇다 할 목표가 없는 생활 속에서 나를 위한 뭔가를 찾고 싶었던 게 전부다. 그래서 콤플렉스였던 부분들을 시간과 돈을 들여 하나씩 극복하기로 한 것이다.

먼저 약 8킬로그램의 체중 감량에 성공했다. 당시 장기간의 해외여행에서 막 돌아온 나는 끼니 때마다 먹고 싶은 음식을 섭취했던 탓에 꽤 뚱뚱해져 있었다. 내 키는 일본 여자의 평균을 상회하는 167센티미터다. 키가 큰 사람이 살까지 찌면 부정적인 의미로 주목받게 된다. 그리고 '통통하다'라는 말이 키 작은 사람에게만 쓰이는 호의적인 표현임을 그때 처음 알았다.

위압적인 이미지에서 벗어나고 싶었던 나는 저녁 식단을 두부와 해조류로 제한하고 좋아하는 음식은 아침과 점심에만 먹었다. 그렇게 한 달 반 동안 생활한 끝에 원래의 체형으로 돌아갔다. 예전 체형으로 돌아가는 일은 생각보다 어렵지 않았다. 학창 시절 농구부 활동이 내 신진대사를 원활하게 만들어 준 덕에 불필요한 칼로리를 최대한 섭취하지 않는 방침을 철저히 지키는 것만으로도 살이 쭉쭉 빠졌다. 살 빼고 싶다는 말이야 그 전에도 입버릇처럼 해왔지만 정말로 실행에 옮겨 다이어트에 성공한 것은 그때가 처음이었다. 아, 나도 마음만 먹으면 할 수 있구나 싶었다.

체형을 회복하자 여드름 때문에 울긋불긋한 피부가 눈에 들어왔다. 나는 피부를 깨끗하고 매끄럽게 만들기 위해 50만 엔을 들여 피부과 치료를 받았다. 중학생 때 처음 여드름이 나기 시작한 이후 다양한 클렌징 폼이나 기초 화장품을 써봤지만 별 소용이 없었다. 파운데이션을 두껍게 발라 여드름 자국을 감춰보기도 했지만 그것도 한계가 있었다. 남들 시선에 가장 민감해지는 사춘기 때부터 피부가 안 좋아지니 거울에 비친 내 얼굴이 더욱 싫어졌다. 여드름은 내 못난이 콤플렉스에 박차를 가했다.

여드름이 얼굴을 뒤덮기 시작하면서부터 나는 내 얼굴을 똑바로 바라보기조차 싫어졌고 최대한 남들 눈에 띄지 않기 위해 애썼다. 사진에 찍히는 것도 싫어해서 최대한 카메라 앞에 서지 않으려 했을 정도였다.

피부과에서는 한 달에 한 번씩 약 1년에 걸쳐 피부 관리를 받았고, 그 시술 덕에 내 콤플렉스는 완화되었다. 이제는 가까이 있는 사람들 눈에 내가 어떻게 보일지 의식하지 않는다. 누군가와 함께 걸을 때 괜스레 들었던 미안하고 답답한 기분도 여드름 자국과 함께 사라졌다.

확실히 돈이 많이 들었고, 치료 때마다 고통이 뒤따랐고, 붉은 자국 때문에 며칠간 얼굴이 벌게진 채 다니기도 했다. 하지만 치료가 거듭될수록 거울 속 내 모습을 보는 것이 조금씩 편해졌다. 눈을 피할 수밖에 없었던 원인이 조금씩 사라지자 마음도 훨씬 가벼워지는 것을 느낄 수 있었다.

예전보다 피부가 깨끗해지자 화장을 하는 의미도 바뀌기

시작했다. 그전까지의 화장은 지저분한 피부와 콤플렉스를 감추기 위한 작업에 불과했지만 지금은 아니다. 거울 속의 나를 바라보는 일이 예전보다 덜 고통스러워지자 화장 자체를 즐기는 게 가능해졌다. 여드름 자국을 어떻게 감출지에 대한 고민이 완전히 사라진 순간부터 나는 화장이 그렇게 재미있을 수가 없었다.

짧은 속눈썹이 콤플렉스라면 인조 속눈썹을 붙이면 됐고 낮은 코가 싫으면 하이라이트를 가볍게 넣으면 됐다. 그 밖에도 작은 눈을 키우기 위해 아이라인을 이중으로 그려주는 등 콤플렉스를 보완하는 방법은 무수히 많았다. 그렇게 해서 콤플렉스를 느끼지 않게 되자 마치 누군가에게 승리한 듯한 기분이 들었다. 하지만 조금 손을 쓰는 것만으로 내 얼굴 안의 단점이 곱게 변하는 걸 보니 내가 지금까지 그토록 신경 써온 것들이 바보스러울 만큼 하찮게 느껴졌다.

다른 사람들이 보기에 나는 여전히 못난이고 이런 변화 따위는 대단한 게 아닐지도 모른다. 하지만 내 의지로 콤플렉스를 하나씩 없애가는 일에는 상당히 큰 의미가 있었다.

물론 지금도 나는 예쁘지 않다. 여전히 못난이일 뿐이다.

어쩌면 앞으로도 나는 외모 콤플렉스를 가진 채 살아갈 것이다. 하지만 예전보다는 내 외모에 신경을 덜 쓰게 됐고, 지금의 나를 받아들이는 것도 조금은 가능해졌다. 이것만 해도 내겐 엄청난 변화다.

"전혀 못난이가 아닌데요?!"라는 말을 들으면 외모로 평가받았다는 것 때문에 씁쓸하면서 동시에 그 말 속에 여러 의미가 담겨 있는 듯한 느낌을 받는다. 예를 들면 '스스로를 못난이라고 하는 것도 결국 예쁘다는 말을 듣고 싶어서 그런 것 아냐?' 혹은 '외모를 가꾸기 위한 노력을 전혀 안 해서 그런 것 아냐?' 같은 비아냥거림 말이다.

지금의 나는 콤플렉스를 없애기 위해 힘껏 노력한 결과다. 내게는 내 외모 때문에 거울을 보는 것도, 남들과 이야기하는 것도 고통스러웠던 시절이 있다. 심지어 내 외모가 싫어서 차라리 죽고 싶었던 시기도 있었다. 매일 밤마다 인터넷에서 성형 수술을 검색하던 기억도 선명하다. 오랜 고통의 시간 끝에 지금의 내가 존재하는 것인데 '예쁘다는 말을 듣고 싶어서 못생겼다고 한 것 아니냐'는 뉘앙스를 느낄 때마다 나는 그 시절의 나를 전부 부정당하는 기분이 든다.

"전혀 못난이가 아닌데요?!"라는 말은 남들 앞에서도 부끄러워할 만한 외모가 아니라는 뜻이니 기뻐해야 할 일인지도 모른다. 하지만 내 과거나 소중한 일부분이 사라져버리는 느낌이 들어서 마냥 좋아할 수만은 없다.

여자다움 검정 시험
불합격 통보

내가 좋아하는 말을 꼽아보자면 '술'과 '고기', '사흘 연휴' 정도일까? 아, '전 품목 반값 할인'이라는 말도 좋아한다. 들으면 가슴이 설레니까.

좋아하는 말은 순위를 매기기 힘들 만큼 잔뜩 있다. 반면 싫어하는 말이 뭐냐는 질문에는 망설임 없이 '여자다움'이라고 대답한다. 나는 여자다움이라는 표현이 너무나도 싫고 증오스럽다. 세상에서 빨리 사라졌으면 좋겠다고 생각할 정도다.

내게 그들이 말하는 여자다움이 전혀 없기 때문인지도 모른다. 세상에서 흔히 말하는 여자다움이란 아마도 남자의 마음에 드는 데 필요한 능력일 테고, 따라서 이는 여자들보다 남자들 눈에 더 잘 보이는 부분일 것이다.

예를 들면 겉모습을 항상 깔끔하게 유지한다거나, 요리를 잘한다거나, 외식을 할 때도 옆에서 술을 따라주면서 남자의 자존심을 살려주는 말을 한다거나, 손톱 정리와 화장을 빈틈없이 해놓는 것 말이다. 남자의 호감을 얻기 위한 그런 능력들을 여자다움이라고 부르는 것 같은데, 이러니 내 마음에 들 리가 없다.

나는 항상 내가 입고 싶은 옷을 입는다. 내가 사는 옷들은 대부분 형태가 특이하거나 무늬가 요상한 것들인데, 전부 내 마음에 쏙 든다. 하지만 그 옷을 본 남자들은 "항상 이상한 옷만 입는다니까!"라며 마음에 안 듦을 노골적으로 드러낸다. '여자다움 검정 시험'에서는 확실한 감점 요소다.

요리도 일단 할 줄이야 알지만 내가 만드는 도시락은 항상 모양도 별로고 간도 조금 짜서 다른 사람에게 먹으라고 줄 만한 것이 못 된다. 모양도 좋고 영양의 균형도 신경 써야만 여자다운 도시락이 된다고들 하니, 나는 이 항목에서도 감점을 피할 수 없다.

밖에서 누군가와 밥을 먹을 때는 언제나 병맥주를 혼자 따라 마신다. 상사든 선배든 간에 자존심 세워주는 말을 하거나 옆에서 시중을 들 생각 따윈 전혀 하지 않는다. 그것 때문에 혼나거나 주의를 받은 적은 없지만 여자다움 측면에서 보자면 낙제점 수준이다.

화장은 언제나 최소한으로 하고, 그날 입은 옷에 맞춰 아이섀도나 아이라인을 다르게 그리지도 않는다. 콤플렉스로 느끼는 부분을 화장으로 최대한 숨길 수 있다면 그걸로 충분하다.

이러니 역시 나는 절대 여자다움 검정 시험에 합격할 수 없다. 어쩌면 내겐 남자들의 호감을 얻는 능력이 전혀 없는 건지도 모른다.

하지만 여기서 문제는 내 여자다움이 현격히 떨어진다는 점이 아니라, 그런 걸 전혀 신경 쓰지도 않는 내게 "여자답지 않다니까" 혹은 "계속 그러고 다니면 선머슴 같다고"와 같은 말을 하는 사람들이다.

나는 남자들의 마음에 들지 않아도 상관없고 여자다워지고 싶다는 생각 역시 해본 적 없는데도 그런 말을 들으면 눈에 보이지 않는 틀에 억지로 끼워 맞춰지고 있는 듯한 기분이 든다. 난 남자들에게 호감을 얻기 위해 조금도 노력한 적이 없다. 그런데 여자다움이라는 말이 나올 때마다 남자들의 호감에 집착하지 않았다는 이유 하나만으로 내 인격과 나만의 여자다움이 부정당하는 느낌이다.

그래서 나는 남자 사람 친구들이 '여자다운' 뭔가로 나를 지적할 때마다 그것을 부정하며 정정해줄 것을 요구한다.

얼마 전 오랜만에 만난 남자 사람 친구가 "어? 머리 길렀구나! 여자다워졌네!"라고 했을 때도 당연히 정정해서 말해달라고 요구했더니 이런 답이 돌아왔다.

"아니, 예뻐졌다고 말하기가 쑥스러워서……."

그런 건 그냥 솔직히 이야기해줘도 되는데! 덕분에 아무 편견 없이 좋아할 기회가 날아가고 말았다.

미팅, 미팅, 미팅

"남자라면 패배할 걸 알면서도 싸워야만 할 때가 있다"라는 말이 있다. 아마 마쓰모토 레이지(松本零士)의 〈은하철도 999〉에 나오는 대사였던 것 같은데, 참 멋진 말이다. 그런 대사를 할 정도라면 상당히 인기 있는 캐릭터일 것이다.

하지만 진다는 걸 알면서도 싸워야만 하는 것은 남자들만이 아니다. 여자들 역시 마찬가지니까. 우리는 미팅이라는 싸움에 나선다. 틀림없이 패배하리라는 것을 알더라도, 이길 수 없는 싸움이라는 것을 알더라도 말이다.

나 역시 몇 번인가 미팅에 나간 적이 있다. 지금까지의 전적은 무승 전패다. 미팅에서 뭐가 승리를 의미하는지는 아직 잘 모르겠지만, 그걸 모른다는 것만 봐도 나는 패배자다. 이길 가망조차 없다. 계속 패배할 뿐이다.

그럼에도 내가 미팅에 나가는 이유는 이성을 만날 기회 자체가 없기도 하고, 더 확실하게 말하자면 남자들에게 인기가 없어서다. 그런데 내가 남들 눈에는 별로 애인을 만들 생각이 없는 사람처럼 보인다고 한다. 처음 만나는 사람에게서 "남자랑 사귈 생각 없죠?"라는 말을 들으면 입으로는 아니라고 부정하면서도 머릿속으로는 '어떻게 알았지?'라고 생각하며 식은땀을 흘리곤 한다. 그놈의 페로몬이라는 물질이 내게는 현저히 부족한 건지도 모른다.

그럴 때면 왠지 모를 위기감을 느낀다. 지금은 별로 곤란할 게 없지만 이대로 가다 보면 뭔가 무서운 일이 기다리고 있을 것만 같다. 나중에 후회하게 될 수도 있겠다 싶다. 뭘 후회하냐고? 실은 나도 잘 모르겠다.

내겐 이성과의 만남에 대해 막연하지만 커다란 불안감이 있다. 어쩌면 나는 남자를 만날 수 없는 사람일지도 모른다는 불안이다. 그걸 스스로 원하는 건지 아닌지조차 알 수 없는 불안과 함께……. 그 불안감은 곁에 애인이 있거나 결혼을 해도

쉽게 사라지지 않을 것 같다. 하지만 어쩌면 모든 불안을 깨끗이 날려버릴 만큼 멋진 사람이 미팅에 나타날지도 모르지 않은가. 나는 그런 막연한 기대와 함께 몇 번의 미팅에 나갔다. 물론 내 이상형인 배우 오다기리 조(オダギリジョー)나 록밴드 그레이프바인(GRAPEVINE)의 다나카 가즈마사(田中和将), 그리고 배우 가미키 류노스케(神木隆之介)처럼 생긴 사람들이 나오지는 않았다.

미팅에 몇 번 나가면서 알게 된 사실이 있다. 나는 내가 남자들에게 매력적으로 비치지 않는다는 것보다 분위기가 어색해지는 것을 더 고통스러워한다는 점이다. 구체적으로 말하자면 재미없는 사람으로 보이는 게 싫다. 상대가 연애 감정을 전혀 느끼지 않더라도 그가 따분해하는 모습만큼은 절대 보고 싶지 않다. 그래서 나도 모르게 쉴 새 없이 말을 늘어놓다 보면 어느새 사회자 같은 역할을 맡고 있는 나를 발견한다. 늘 이런 식이다. 사람들이 웃어야 안심이 되고 재미있다는 말을 들으면 내 임무를 완수한 기분이 든다. 나는 미팅에 꼭 필요한 인재일지는 모르지만 결코 승리자는 될 수 없다. 나도 안다. 나도 잘 안단 말이다!

게다가 나는 여자로 대접받는 것에 내가 생각했던 것 이상으로 서툴렀다. '나를 여자로, 연애 대상으로 보지 말아줘. 세상의 절반이 여자잖아. 제발 다른 여자를 찾아봐줘!' 하는 심정이랄까?

누군가 내게 연애 감정을 갖거나 관심을 보이는 행동을 하면 온 힘을 다해 도망치고 싶어진다. 왜 그럴까? 이유는 나도 잘 모르겠지만 제대로 된 남자는 나 같은 여자를 좋아할 리 없고, 만약 좋아하더라도 단순한 장난일 거라고 생각하기 때문이다. 그럴 거면서 왜 미팅에 나가냐고 묻는다면 나도 딱히 할 말이 없다.

미팅에 어울리지 않게 생긴 내게 이성적 매력을 느낀다는 것 자체가 난센스다. 이건 마치 초밥집에 가서 파스타를 주문하는 꼴이다. 이 미팅이라는 전쟁터에서 여자로서의 직무를 포기한 채 사회자로 물러난 나 같은 사람은 남자들이 그냥 외면해주면 좋겠다. 하지만 그렇다면 나는 왜 미팅에 나간 걸까? 지금까지 미팅에 나간 것은 대체 무슨 의미인가! 나도 정말 알 수가 없다.

미팅에서 나의 오다기리 조가 나타난 적은 한 번도 없었다. 미팅 자리에서 지금까지 많은 사람을 만나왔음에도 딱히 떠오르는 사람도 없다. 앞에 있는 남자들에게 주목하며 '괜찮네' 하고 생각해본 적도 없고, 나를 어필하기 위한 이야기나 행동도 하지 않았다. 그저 술기운에 휩쓸려 주절주절 떠들어댔을 뿐이다.

무르익은 분위기에 안심하고 집에 돌아가는 길에 라인(LINE)의 단톡방에서 참가자들이 센스 없는 이모티콘을 주고받는 것을 확인하며 공허함을 느낄 때가 몇 번이나 있었다.

아니, 그야 당연하잖아. 사람들과 이야기를 나누며 분위기를 띄우러 미팅에 나가는 사람이 어디 있겠는가. 함께 술을 마시고 대화를 나누면서 연락처도 물어보고 다음 데이트 약속도 잡아서 사귀기도 하고 친구로 지내기도 하는 게 미팅인데……. 대체 왜 나는 처음부터 싸우는 걸 포기한 거야?!

나도 안다. 나도 알고는 있지만 역시 아무리 해도 잘되지 않는다.

하지만 그중에는 초밥집에서 진지하게 파스타를 주문하듯 내가 마음에 든다며 연락을 하는 사람도 있었다. "즐거웠어요. 다음 달쯤에 또 같이 한잔하고 싶은데요"란다. 아이고야, 제정신이세요? 사람은 자신에게 결여된 것을 가진 타인이나 처음 접해보는 것에 매력을 느낀다고 한다. 미팅 시장에서 나는 확실히 이질적인 존재인데, 그런 내게 누군가 흥미를 가져준다는 건 기쁜 일이다. 그 사람은 미팅 자리를 정말 즐겁게 느낀 걸 테니 말이다. 이 정도면 열심히 사회를 본 보람이 있다!

그러나 대부분은 얼굴도 정확히 기억나지 않거나 '이 사람 별로네' 싶은 사람들만 연락을 준다. 그러니 좀처럼 성과가 없다. 미팅에 나갔더니 오다기리 조가 떡하니 있고 서로에게 첫눈에 반해 즐겁게 술을 마신 뒤 "오늘 즐거웠어요. 다음에 또 같이 한잔해요!"라고 연락이 온다면 얼마나 좋을까? 물론 나도 그런 일이 없을 거라는 것 정도는 잘 안다.

"이성을 만날 기회가 없고 평소에 가슴 설레는 일도 없다면 직접 만남을 찾아 움직이면 돼"라는 말을 들은 적이 있는데, 나도 거기에는 전적으로 동의한다. 지금의 상황이 불만스럽다면 직접 새로운 장소나 환경을 찾아나서면 되는 일이다.

나는 남자 사람 친구들을 만나서 특별히 가슴이 설렌 적도 없고, 기껏 소개받은 남자와도 금세 술친구가 되어버린다. 다만 지금은 매일 그럭저럭 충실한 나날을 보내고 있기 때문에 애인이 없어도 특별히 곤란할 것이 없다.

하지만 이성을 만나는 것이 정답이고 능력이라 여기는 이곳에서 솔로로 지내는 나는 왠지 점점 쓸모없는 사람이 되어가는 기분이다. 미팅은 물론이고 한 번 참가해본 맞선 파티에서도 성과는 없었다. 남자를 만나려는 생각 자체가 나한테 있기는 한 건지도 잘 모르겠다. 이 사회에 순응하고자 제법 활동적으로 살았는데도 짝을 찾지 못하는 나 같은 사람은 대체 어디로 가야 하는 걸까? 아마도 나는 이대로 계속 연애 패전 기록을 경신해나가게 되려나 보다.

차라리 빨리 늙어버리고 싶다

가끔 빨리 늙어버리고 싶다는 생각을 한다.

예를 들면 많은 사람이 모이는 술자리에서 처음 만나는 키 작은 여자가 "와~ 키가 커서 좋겠어요! 저는 143밖에 안 되는 게 콤플렉스라서……. 항상 애 취급이나 당하고 신분증 검사까지 당한다니까요"라고 애교 섞인 목소리로 말할 때 그렇다.

별로 친하지도 않은 남자 사람 친구들에게서 "너 B컵이지?"라는 말을 들었을 때도 그랬다. "누가 그래?! 나 D컵이거든?! 자세가 구부정해서 그런 거야, 이 망할 자식아!"라고 쏘아붙이고 싶었지만 꾹 참았던 기억이 난다.

또 직장 선배가 "음, 담배는 끊는 게 좋지 않아? 언제 임신할지 모르는데 지금부터라도 준비해야지"라고 내게 말했을 때 역시 마찬가지였다. 덧붙이자면 나는 아직 아이를 가질 계획은 물론 섹스를 할 계획도 없다. 유감스럽지만 앞으로도 그럴 테고 말이다.

할머니가 되면 분명 이런 말들을 듣지 않을 것이다. 나뿐만 아니라 주변 사람들도 내가 여자라는 점을 잊어준다면 큰 키 때문에 주눅이 들 일도, 갑작스럽게 가슴 사이즈 질문을 받을 일도, 임신에 대해 참견 당할 일도 없겠지. 할머니니까.

"여자잖아", "결혼 안 해?", "그런 옷 입고 다니면 남자한테 인기 없어" 같은 무례한 참견을 당하는 일도, 쓸데없는 말에 상처 받는 일도 사라질 것이다. 할머니니까. "여자이길 포기했네", "여잔데 왜 그래?" 같은 말도 듣지 않게 될 거고. 만약 내 성별을 쉽게 포기할 수 있었다면 진작에 갖다버렸을 것이다. 하지만 그럴 수 없으니 차라리 할머니가 되어 내게 필요 없는 여성적인 부분을 완전히 버리고 싶다.

아, 빨리 할머니가 되고 싶다.

하지만 이런 생각도 아주 잠시뿐이다. 사실 나는 내 미래가 두렵고 항상 불안하다. 내가 늙으면 어떻게 될지 짐작도 안 된다. 지금 하는 일이 즐겁긴 하지만 10년, 20년 후에도 똑같은 일을 하는 내 모습은 상상이 안 된다. 수입이 어떨지, 내 능력이 미래에 통할지도 잘 모르겠다.

결혼은 할 수 있을까? 아이는? 그런 것들 역시 상상하기가 어렵다. 딱히 결혼하고 싶은 마음이 있는 것도, 그럴 상대가 있는 것도 아니다. 태어난 아이를 사랑해줄 자신 역시 없다. 가정 폭력을 당하며 성장한 사람은 자신의 아이에게도 똑같이 행동한다는데, 내가 그럴까 봐 두렵다. 우리 집에는 늘 폭력이 존재했으니 나도 자연스럽게 아이들을 때리게 될 것만 같다. 이런 생각을 하면 아이가 없는 편이 낫다.

생각이 여기에 이르자 내 인생 계획이 소리를 내며 무너지기 시작했다. 명확한 목표나 꿈도 없고, 장차 이러이러하게 되고 싶다는 이상 같은 것도 없다. 눈앞이 캄캄해졌다.

뿐만 아니라 주변 친구들 사이에서 혼자 고립된다는 것도 상당히 불안하다. 친구들은 다들 인생의 계단을 하나씩 착실히 밟아나가며 결혼과 출산을 경험할 텐데, 그렇게 되면 그들의 생활 속에 내가 끼어들 틈이 있을지 모르겠다.

남자 사람 친구들을 술자리에 편하게 불러내기도 어려워

질 것이다. 연애 감정이나 육체적인 관계 때문에 여남 간의 우정은 성립할 수 없다고들 한다. 하지만 내 생각에는 지금 이상으로 더 친해질 방법이 없기 때문에 우정이 깊어질 수 없는 것 같다. 여남 간의 우정은 연인 사이로도 발전할 수 없고 절친한 친구도 될 수 없는 관계인 듯하다. 그저 서로에 대한 흥미가 사라져가는 것을 조용히 기다릴 뿐이다.

여자 친구들과도 대화가 잘 안 통하게 될 것이다. 결혼 생활이나 자녀들에 대한 관심으로 가득해진 친구들에게 대학생 시절과 똑같은 이야기를 꺼낼 수는 없겠지. 그리고 나 역시 결혼이나 아이에 대한 친구들의 이야기를 지금처럼 즐겁게 들어주지 못할 테고.

고등학생 시절에는 5년 뒤나 10년 뒤의 내 모습을 상상할 수 없어서 장래에 대한 막연한 불안감이 있었다. 회사에서 매일 일하는 모습도 전혀 상상할 수 없었다. 어린 시절 내 주변의 어른들은 다들 입을 모아 "일이 힘들다", "그만두고 싶다" 같은 말을 했다. 어른이 되면 지금보다 재미없고 지루한 생활을 하며, 하기 싫은 회사 일을 죽을 때까지 계속해야 할 거라고 생각했던 것은 그 때문이었다.

어린 시절부터 내겐 장래에 대한 꿈이나 인생 목표 같은 것이 없었다. 그래서 지금도 미래에 대한 희망 없이 나이만 먹어가는 것 같아 두렵다.

물론 실제로 어른이 되어보니 좋은 점도 있다. 어린 시절보다 훨씬 즐겁고 자유롭게 살 수 있다. 술도 마실 수 있고, 돈도 자유롭게 쓸 수 있고, 친구나 직업도 마음대로 선택할 수 있다. 게다가 내 개성을 인정해주는 사람들도 곁에 있다. 그런 지금이 나쁘지만은 않다.

나는 과연 어떤 어른이 되어 있을까? "일이 내 삶의 이유예요!"라며 열심히 일하는 모습도 상상이 안 되고, 세 자녀를 키우는 전업주부가 된 모습도 비현실적으로 느껴진다. 어쩌면 무엇 하나 변한 것 없이 나이만 먹을지도 모른다. 그때까지 아무것도 이루어놓지 못했음을 뒤늦게 후회하면서 말이다.

당장 할머니가 되어도 여전히 삶은 불안할까? 나이를 먹으면 사회가 요구하는 여자다움에서 자유로워질까? 일과 결혼에서 성공하지 못하면 낙오자가 되는 걸까? 조금의 후회도 없는 인생을 살아갈 수 있을까?

나는 5년 뒤, 10년 뒤에도 지금처럼 '나이를 먹어도 나쁘지는 않은걸'이라고 생각할 수 있는 인생을 살아가고 싶다. 그러기 위해서는 결국 눈앞에 놓인 문제를 하나둘씩 해결해나가는 수밖에 없다. 그렇게 하면 할머니가 되어도 "지금이 가장 즐거워!"라고 말할 수 있는 인생이 될 것이다.

모든 사람은 나이를 먹는다. 제아무리 귀여운 여자 아이돌이라도 섹시한 배우라도 언젠가는 다들 할머니가 된다. 그렇다면 나는 인생에 후회 한 점 없는 유쾌한 할머니가 되고 싶다.

여자의 가치는 젊음이다

아버지는 내가 고등학생이었던 시절의 어느 날부터 귀가하지 않더니 어머니와 이혼을 했다. 그 말을 전해 들었을 땐 슬프기보다는 불안이 해소되어 진심으로 안도했던 기억이 난다.

아버지는 어머니를 항상 "어이"라고 불렀다. 이름이나 '여보', '당신' 같은 호칭을 쓰는 걸 한 번도 본 적이 없다. 하지만 어머니 역시 안 보이는 곳에서는 아버지를 "그놈"이라고 불렀다. "왜 결혼한 거야?", "누가 먼저 어떤 식으로 프로포즈했어?"라고 물어도 어머니는 항상 말끝을 흐릴 뿐 답해주지 않았다.

내가 어렸을 때부터 부모님은 사이가 나빴다. 아버지는 어머니에게 폭력을 행사하곤 했고, 어머니도 "그놈이 죽으면 보험금을 잔뜩 받을 수 있어. 빨리 죽으면 좋을 텐데"라고 말하곤 했다.

그럼에도 내가 고등학생이 될 때까지 두 분이 이혼하지 않은 건 첫째로 남들 시선이 두려웠기 때문이고, 둘째로는 어머니에게 자립할 능력이 없었기 때문이다.

전문대학을 중퇴한 뒤 서비스업을 전전하다 스물세 살에 결혼한 어머니는 시대의 흐름에 따라 당연히 직장을 그만두고 평범한 전업주부가 되어 우리 세 남매를 키웠다.

우리는 얼핏 보면 TV에 나올 법한 이상적인 가족이었다. 마당 딸린 단독 주택에서 대형견을 기르고, 큰 외제차를 타고 다니며 바깥에서는 사이가 좋은 것처럼 행동했다. 그래서 "이상적인 가족이네요", "다들 사이가 좋아 보여요" 같은 말을 들은 적도 있었다. 하지만 남들 눈이 없는 밤이 되면 부모님은 자주 싸웠다. 그럴 때면 어머니는 내 방으로 도망쳐 입을 틀어막은 채 흐느끼기도 했다.

이미 그때부터 두 분은 가족으로서 혹은 부부로서 한계에 도달했던 것인지도 모른다. 단지 현재의 체면과 생활 수준을 지키려는 마음이 가족이라는 애매한 형태를 간신히 유지시켜 준 셈이었다.

그런 가정에서 자란 덕에 나는 어렸을 때부터 남자에게 기대지 않아야겠다고 생각했다. 혼자서도 씩씩하게 살아가는 사람이 되고 싶었다.

아버지를 헐뜯긴 했지만 폭력을 견뎌내며 우리를 키운 내 어머니는 위대하다. 아버지 역시 남들 시선을 의식했기 때문이라지만 우리에게 최소한의 금전은 제공해줬다. 지금도 고맙게 생각한다.

그러나 나는 절대 어머니처럼 살고 싶지 않다. 남자에게 자신의 행복을 맡긴 채 생활을 조종당하는 인생은 싫다. 남자와 연을 맺든 아니든 간에 나는 내 길을 직접 선택해서 당당히 걸어가고 싶다.

그래서 지금은 대학을 졸업한 뒤에 좋아하는 일을 하며 나 혼자 먹고살 만한 수입으로 근근이 살아가는 중이다. 누군가와 결혼하면 경제적으로는 생활이 다소 편해질지 모르지만 지금의 나는 혼자서도 충분히 잘해나갈 수 있을 것 같다.

내 어머니는 무척이나 예쁜 사람이었다. 젊은 시절에는 제법 인기가 많았다는 얘기를 들은 적이 있다. 쉰이 넘은 지금도 굳이 젊게 꾸미지는 않지만 나름의 아름다움을 간직하고 있다.

젊고 아름다운 스물세 살의 나이에 아버지와 결혼한 어머니. 폭력을 휘두르는 아버지를 증오한 끝에 이혼한 어머니. 오랫동안 전업주부로 살아온 탓에 이혼 후 줄곧 가난했던 어머니. 그런 어머니를 보고 있으면 여자에게 젊음과 아름다움의 무기란 아주 짧은 순간 빛날 뿐, 결국은 무로 수렴하는 헛된 것이라는 생각이 든다.

나는 어머니의 미모 유전자를 전혀 이어받지 못했다. 뿐만 아니라 젊음이라는 무기마저 이제 슬슬 내 곁을 떠나려 한다. 내겐 여자로서 이 사회에 어필할 수 있는 가치가 전혀 없다.

살아오는 동안 "여자의 무기는 결국 얼굴이다. 젊고 예쁠 때 남자의 선택을 받지 못하면 소용없다"라는 말을 몇 번이나 들었다. 그때마다 나는 슬프고 분했다. 세계 인구의 절반이 모인 여자라는 무대에서 나만 혼자 밀려난 듯한 느낌이 들었기 때문이다. 그런 가치관에서 보자면 남자로부터 선택받지 못하는 나는 아무짝에도 쓸모없는 불쌍한 존재인지도 모른다.

가끔 남자에게 선택받은 삶과 혼자 살아가는 삶 중 어느 쪽이 내게 더 옳을지 생각해보곤 한다. 분명 양쪽 모두 옳기에 한 쪽이 절대 틀리다고 할 수는 없다. 그중에서 내가 찾아낸 정답은 남자나 다른 사람에게 의존하지 않고 자립할 수 있는 삶이어야 한다는 것이다. 하지만 마음 한편에는 의심의 그림자가 드리워져 있다.

'여자답지 않은' 나는 여자가 아름다움과 젊음을 무기로 삼을 때의 우월감이나 남자로부터 선택받을 때의 행복감, 미모와 젊음을 가능한 한 오래 유지하려는 집착 같은 것을 영원히 이해하지 못할 것이다. 그런 내가 남자에게 의존하지 않고 혼자 살아가고 싶다고 말해봐야 패배자의 핑계로만 들릴 것 같다. 그래서 자연스레 남자를 곁에 두지 않고 혼자 살아가는 삶을 선택하기에 이른 것은 아닌가 싶다.

하지만 무슨 이유에서 그렇게 자립하는 삶을 결심하게 됐는지는 중요하지 않다. 더 이상 의도를 따지며 스스로를 재단하고 싶지도 않다. 지금 내게 중요한 것은 앞으로 어떻게 해야 의존하지 않고 자립하며 살아나갈 수 있냐는 것이니까.

2

나다워질 수 있는 시간

술을 좋아하게 된 이유

"과일 맥주 마셔볼래? 마시기 편해." 술을 잘 못 마시는 사람과 식사를 하다가 비교적 맛이 산뜻하고 부담 없이 마실 수 있는 맥주를 권해보았다. "나도 과일 맥주부터 시작해서 술을 마실 수 있게 됐거든"이라고 말을 이어나간 뒤, 상대가 진지한 얼굴로 메뉴판을 바라보는 동안 예전 일을 떠올렸다.

내가 술을 본격적으로 마시게 된 건 대학생이었던 스무 살 무렵이었다. 그리고 나이를 먹어가면서 '사람들과 논다'는 말의 의미가 어느새 '함께 술을 마신다'로 바뀌었다. 그때는 카시스 오렌지나 칼루아 밀크처럼 알코올과 단맛을 동시에 느낄 수 있는 만만한 술을 시켜서 기분 내키는 대로 마셨다.

술을 마실 기회는 점점 늘어났다. 하지만 이상하게 맥주만큼은 아무리 마셔도 즐길 수가 없었다. 맛도 없고 쓰기만 해서 좀처럼 목을 넘기기가 힘들었다. 주위에서는 "마시다 보면 잘 마시게 될 거야", "맛있게 느껴지는 날이 올 거야" 같은 이야기를 해주곤 했지만, 그때의 나는 이렇게 쓰기만 한 술이 어떻게 맛있어질 수 있다는 건지 이해할 수 없었다.

맥주를 마실 수 있게 된 것은 라즈베리 맥주 덕분이었다. 어느 날 멋진 야경이 내다보이는 레스토랑에 지인과 함께 갔다. 우리 빼고 주변 사람들 모두 분위기에 어울리는 깔끔한 복장이었다. 어쩐지 와서는 안 될 곳에 온 느낌에 쭈뼛거리며 조심스레 술을 주문했다.

"난 맥주 별로 안 좋아하는데……." 이렇게 중얼거리던 중 내 앞에 놓인 핑크색 액체. 지인이 "이거라면 괜찮지 않을까?"라며 권해준 술이었다. 술은 거절하는 것이 아니니 일단 마셔보았다. 씁쓸함과 달콤함이 한데 어우러진 맛. 맛있다! 술을 잘 못 마시는 내게 딱이었다. 가난한 대학생 신분이라 고급 레스토랑인 그곳에서 마음껏 술을 시키지는 못했지만 확실히 술술 넘어가는 맥주를 발견한 날이었다.

그날 마신 라즈베리 맥주를 계기로 나는 점점 더 술을 좋아하게 됐다. 좋은 일이 있을 때는 축하주로 한 잔, 슬픈 일이 있을 때는 위로주로 한 잔. 더울 때는 덥다고, 추울 때는 춥다고 마셔댔다. 구실이야 뭐가 됐든 만들 수 있었고 무작정 마셔댔다. 그리고 사실은 지금도 한 잔 걸친 상태에서 이 글을 쓰고 있다.

술은 내게 없어서는 안 될 존재가 됐다. 사람들과 어울리기 위해서도 술은 꼭 필요했다. 사실 나는 낯을 가려서 술 없이는 무슨 말을 어떻게 해야 할지 모른다. 특히나 이성 앞에선 말이다.

그 뒤로는 맥주를 못 마시는 사람과 식사할 때나 일을 마치고 집에서 혼자 맥주 캔을 딸 때마다 라즈베리 맥주를 권해준 이의 얼굴이 떠오른다.

내가 그를 많이 좋아했던 기억. 좋아했지만 어떻게 할 용기가 나지 않아 아무 말도 못 했던 기억. 자신감이 없어서 그 사람 앞에서는 남자처럼 행동했던 기억. 새로운 여자 친구라며 소개해준 사람이 나와는 정반대 유형의 사람인 것을 보고, 역시나 그에게 나는 그저 친구일 뿐이며 처음부터 잘될 가능성이 없었다는 걸 깨달았던 기억. "앞으로도 좋은 친구로 지내자"라는 말을 들었지만 계속 친구로만 지내는 것이 괴로웠던 기억까지. 맥주를 마실 때면 그런 일들이 자연스럽게 떠오르곤 한다.

하지만 그가 아니었다면 술을 좋아하게 되지 않았을 것이다. 사람들과 만나는 자리에 나가지도 않고 혼자 조용히 지내는 시간이 훨씬 많아졌을지도 모른다.

내가 가장 좋아하는 술을 입에 댈 때마다 예전에 정말 좋아했던 그를 떠올린다. 앞으로 영영 만나지 못해도 좋고 그가 나를 잊었다 해도 상관없다. 다만 이런 식으로 옛 추억을 떠올리며 아련한 슬픔에 잠기는 밤을 술과 함께 최대한 오래 간직할 수 있길 바랄 뿐이다.

자립의 조건

일주일에 두 번 정도 세탁기를 돌리고 난 후 '바닥에 머리카락이 잔뜩 떨어져 있네'라는 생각이 들면 청소기를 민다. 거의 매일 음식을 해 먹지만 가끔씩 튀김이나 남이 만든 음식이 먹고 싶어지면 열량 높은 반찬을 사거나 오십 대 부부가 운영하는 근처의 중국 요리점에서 한 끼를 때운다.

혼자 생활하기 시작한 지 3주가 지났다. 외로워하지 않고 집안일을 포기하지도 않으며 어떻게든 잘해나가고 있다. 이 집에 처음 왔을 때는 마치 남의 방을 빌려 쓰는 기분이었지만 필요한 가구와 가전제품이 대충 갖추어지고 매일 똑같은 출퇴근길을 반복하는 사이 점점 이 생활에 익숙해졌다.

몸이 생활에 적응해가는 속도는 놀랄 만큼 빠르다. 이제 이곳은 내 집이다. 물론 세 들어 사는 좁은 공간이긴 하지만 아무도 침범할 수 없는 나만의 요새다.

이사한 뒤로 한동안은 어머니에게서 연락이 오지 않았다. 부모님과 여동생, 남동생 중 유일하게 내 연락처를 아는 사람이 어머니다. 어머니와 연락이 끊어질 경우 나는 가족 전체와 단절되는 셈이다. 이런 거리감이야말로 우리 가족다운 것이라는 생각에 편안한 기분이 들 때도 있지만, 이 정도로 무관심해도 되나 싶어서 섬뜩해질 때도 있다. 식구들과 제대로 된 관계를 형성하지 못한 탓에 원활한 소통이 힘들어진 것 같다.

하지만 역시나 내 생활에 배려 없이 끼어드는 어머니와는 일정한 거리를 두는 게 편하다. 결혼을 못 해도 좋고 풍족하게 생활하지 못해도 좋으니 어머니와는 최대한 부딪히지 않고 지금처럼 조용히 살아가고 싶다.

그래서 나는 되도록 본가로 돌아가고 싶지 않다. 그 집에 있으면 분명 망가질 테니까. 본가에서 함께 사는 동안 내내 눈치를 살피며 숨죽여 생활하던 나는 어른이 돼 독립한 지금도 어머니라는 존재가 두렵다. 어머니의 큰 목소리를 듣는 것조차 내겐 힘든 일이다. 어린 시절에 어머니에게 혼나며 얻어맞았던 기억들이 선명하게 되살아나기 때문이다. 마음속 어딘가가 거대한 손에 꽉 붙잡혀 꼼짝도 할 수 없는 기분이다. 숨이 막힌다는 표현이 가장 적절할지도 모르겠다. 지금은 내가 어머니보다 체격도 크고 힘도 세졌다. 하지만 어머니의 웃음소리와 혼잣말 그리고 내게 여지없이 내뱉는 레퍼토리인 비아냥을 들을 때마다 내 몸은 잔뜩 움츠러들며 어린 시절로 되돌아간다. 울고 싶어질 만큼 슬픈 건 아니지만 더 이상은 그 자리에 있을 수 없다. 어머니의 목소리가 들리지 않는 어딘가로 당장 날아가 버리고 싶어진다.

이제는 생활 속에서 그런 느낌을 받지 않아도 된다는 것, 그것만으로도 독립해 나온 의미가 있다고 느낀다.

눈앞에 산적한 문제에 시간을 빼앗기며 그 집에서 살던 기억이 서서히 희미해질 무렵이었다. 갑자기 어머니에게서 "잘 지내니? 밥은 거르지 않고?"라는 문자 메시지가 왔다. 그리고 은행에서 명세서 같은 중요한 서류가 아직도 본가 쪽으로 오고 있으니 주소지 변경을 제대로 해놓으라고 했다. 본론은 아마 그것이었으리라. 나는 "죄송해요. 제대로 처리해둘게요"라는 최소한의 답장만 했고 그것으로 대화는 끝이 났다.

어머니와 이렇게 별것 아닌 연락을 주고받는 것조차 쉽지 않은 내게 다른 모녀들처럼 자연스럽게 대화를 나누는 것은 불가능한 일이다. 매일 밥 해 먹기가 힘들다거나 빨래 개기가 귀찮아서 옷이 금방 구겨져버린다는 등 어머니와 아무 상관없는 일상 이야기조차 내 입에서는 쉽게 나오지 않는다. 내 어머니지만 무슨 대답이 돌아올지 전혀 예상이 안 되고, 그러니 차라리 아무 말도 하지 않는 편이 나았다. 어머니와 떨어져 살길 잘했다고 생각하지만, 막상 멀어지고 나니 우리 모녀 사이의 얼마 안 되는 접점들이 서서히 희미해지고 있었다. 나는 뭐라 설명하기 힘든 답답한 기분을 가슴속에 계속 품고 지냈다.

그로부터 며칠 뒤, 본가에서 기르던 강아지가 밥을 거르고 제자리에 힘없이 주저앉아버렸다는 문자 메시지가 왔다. 뭔가를 해달라거나 어떻게 하고 싶다는 내용도 없이 그저 강아지의 건강이 나빠졌다는 사실만 알려주는 메시지였다.

연락을 받았을 때 뭐라고 대답해야 좋을지 전혀 알 수 없었다. 예전부터 날마다 늙어가는 강아지를 보며 언젠가는 죽게 될 거라는 사실을 머릿속으로는 이해하고 있었다. 하지만 말로 어떤 반응을 보여야 할지 몰랐다. 그저 본가에 가서 잠시

만이라도 강아지를 보고 싶었다. 다만 어머니와 마주쳐야 한다는 것이 문제였다. 결국 나는 "걱정이네요"라든지 "그러면 한번 보러 갈게요" 같은 답장을 하지 못하고 그저 메신저에 읽음 표시만을 남기고 말았다.

그리고 며칠간 고민 끝에 본가에 가기로 했다. 지금 가지 않으면 분명 후회할 것 같아서였다. 어머니에게는 미리 연락도 하지 않았다. 차라리 누구와도 마주치지 않기를 바랐다. 오후 두 시쯤에 도착하자 내 바람이 이루어졌는지 집에는 아무도 없었다. 어두컴컴한 거실에서 강아지가 내 존재를 발견하고 꼬리를 흔들어줬다. 확실히 예전보다 기운이 없었지만 나를 보고 달려와줄 만큼의 생명력은 남아 있었다.

나는 한 시간도 되지 않는 시간 동안 거실에 머물렀다. 집 안의 풍경은 무엇 하나 바뀌지 않아서 마치 예전 그대로 시간이 멈춰버린 것처럼 느껴졌다. 벽지에 남은 얼룩, 부엌 구석에 놓인 고등어 통조림, 냉장고 옆의 펜꽂이에 들어 있는 가위까지 모든 것이 그대로였다. 생각해보면 당연한 일이다. 아직 한 달도 채 지나지 않았으니까. 한 번 형성된 생활환경은 그리 쉽게 변하지 않는다.

새로 이사 간 집과 동네에 익숙해지고 있지만, 그 대신 이곳에 남은 내 흔적들은 조금씩 없어질지도 모른다는 생각이 들었다. 나는 여전히 본가와 가까운 지하철역을 보면 그리운 기분이 들고, 본가의 거실도 아직은 내가 편히 쉴 수 있는 장소다. 하지만 본가에서 보내는 시간이 짧아질수록 이 집 안에서 내가 있을 자리는 점점 사라질 것이다. 그러다 가족 구성원에서도 투명인간으로 남을 것 같아 두렵다.

내 자리도 없는 이 집에서 과연 어머니와 똑바로 마주할 수 있을까? 다시 한번 마음이 꽉 붙잡히는 느낌이 들면 나는 대체 어디로 도망쳐야 할까? 어째서 나는 날 낳아준 어머니조차도 똑바로 마주할 수 없게 된 걸까? 다음번에는 또 언제 이 집을 찾아올 수 있을까? 나는 아무것도 알 수 없었다.

예전에 어머니가 "그런 식으로 식구들과도 쉽게 연을 끊으려는 거니?"라고 한 적이 있다. 나는 예전부터 사람들과의 관계를 유지하는 게 서툴렀다. 처음 만난 사람과도 쉽게 친해질 수 있고 중간에 어색해지지 않도록 끊임없이 대화하는 것도 어렵지 않다. 하지만 5년, 10년 동안 계속 친구로 지내거나 우정을 유지하기 위해 노력하는 일은 도저히 불가능했다. 가족 역시 마찬가지였다. 어머니에게 폭력을 휘두르다 어느샌가 이 집을 나가버린 아버지와도 연을 끊었고, 어떻게 해도 친해질 수 없는 여동생과도 10년 넘게 제대로 된 대화를 해본 적이 없었다. 우리 가족 중에서 오직 나만이 식구들과 제대로 된 관계를 맺지 못했고, 이제는 어머니와 나를 이어주던 가느다란 선마저도 희미해지고 있었다.

나는 무엇을 잘못하고 있는 걸까? 혼나고 얻어맞은 기억으로부터 도망치기 위해 독립해 나온 것은 잘못된 선택이었을까? 이런 고민을 어머니에게 단 한 번도 한 적이 없다. 이야기해봐야 또 비아냥거리는 대답만 돌아올 게 뻔하기 때문이다. 어머니는 내 이야기를 진지하게 들어주지 않고 언제나 당신의 잣대에 맞춰 멋대로 해석해버린다. 때문에 내가 큰마음 먹고 말을 꺼내도 제대로 된 결론에는 도달하지 못한다. 그렇다면 이야기하지 않는 편이 낫다. 침묵으로 일관하며 계속 견뎌내는 것만이 내가 가족들과 관계를 유지하는 유일한 방법이다.

"너는 혼자서도 잘 살 것 같아"라는 말을 들은 적이 있다. 아무래도 이 말은 칭찬이 아닌 듯하다. "남자 없이도 잘 살 것 같아"라거나 "주변에 아무도 없어도 괜찮을 것 같아" 같은 냉

소적인 속뜻이 느껴져서다. 물론 남자가 있는지의 여부는 내가 잘 사는 것과 관계가 없다는 걸 알지만 아직은 완전히 마음으로 받아들이기가 어려운 것 같다. 어쩌면 여전히 나는 자립하는 삶에 자신이 없나 보다.

그럼에도 나는 앞으로도 혼자서 잘 살아가고 싶다. 누구에게도 의존하지 않고 혼자 강인하게 말이다. 살아가면서 크게 희망적인 일이 없어도 상관없다. 내 인생에 책임을 지면서 혼자 살다가 죽을 수 있다면 좋을 것 같다. 여기서 말하는 '혼자'에는 가족도, 애인도, 친구도 포함되지 않는다. 진정한 의미의 혼자가 되어 묵묵히, 당당히 살아가고 싶을 따름이다.

내가 꿈꾸는 혼자만의 삶을 위해서는 가족과의 연을 끊어야 한다. 연이라기보다는 의존을 끊어야 한다는 편이 정확할 것이다. 그리고 여기서 말하는 '가족'이란 사실 어머니를 가리킨다. 언제나 내 마음에 무례하게 비집고 들어오는 유일한 사람, 성인이 된 지금도 목소리를 듣는 것조차 무서워지는 사람, 그렇게 많은 시간을 함께 보내고도 제대로 마주하는 것이 힘든 사람. 어렸을 때부터 어머니한테 얻어맞고 상처받았던 기억을 떠올려보면 당장이라도 인연을 끊고 싶어진다. 하지만 정말로 그렇게 한다면 내게는 가족이 단 한 명도 남지 않는다. 진정한 의미의 혼자가 되어버리는 것이다. 그렇게 생각할 때마다 뭔가가 마음속을 묵직하게 짓누르는 느낌이 든다. 혼자 살아가고 싶어 하면서도 결단을 내리지도, 어머니와의 문제를 직시하지도 못한 채 몇 년째 이 상태에서 계속 제자리걸음 중이다.

사람들의 평가처럼 내가 정말 혼자서도 씩씩하게 살아갈 수 있다면 얼마나 좋을까? 어머니를 똑바로 마주볼 용기가 있다면 얼마나 좋을까? 결국 나는 혼자 살아갈 힘이 없었던 셈이고, 해결해야 할 문제를 계속 피하며 미루고 있었을 뿐이다. 언젠가는 가족과 떨어져 혼자 살기로 한 결정이 의미를 갖게 되길, 어머니와도 제대로 마주할 수 있게 되길 바란다. 그때가 비로소 내가 자립하는 인간으로 거듭나는 순간이 될 것이다.

타인을 받아들이는 자세

세상에는 자칭해선 안 되는 표현이 몇 가지 있다. 예를 들면 '변태', '사회성 결핍', '독설가'가 그렇다. 이런 말로 자신을 정의해버리면 상대방은 크게 당황할 것이다. 애초에 그리 좋은 표현이 아니기도 하지만, 그렇게 자칭하는 사람들은 대개 특이한 척하고 싶어 하는 평범한 사람들이다.

그렇다면 본인이 털털하다고 주장하는 자칭 '털털녀'들은 어떨까?

나는 다 보인다. 자신을 그렇게 소개하는 여자는 소주를 마시고 임연수어나 곱창 조림 같은 안주를 시키며 "난 취향이 꼭 아저씨 같다니까" 같은 말을 한다. 상당히 포인트를 잘 잡고 있다. 그리고 술에 취해 남자 사람 친구들의 몸을 은근슬쩍 터치하면서 "역시 난 남자들이랑 있을 때 편하더라" 같은 말을 해주면 완성이다. 여기에 "왜 여자들은 죄다 소심한 거야? 하고 싶은 말이 있으면 그냥 하면 되잖아!"라는 말까지 덧붙여주면 우승감이다. 자, 여기 올해의 털털녀상 수상자입니다!

이렇게 자칭 '털털한' 여자는 대부분 별 볼 일 없는 이들이라는 게 지극히 개인적인 생각이다. 왜냐하면 굳이 하지 않아도 될 말을 해가며 '난 다른 여자들과 달라요. 귀찮게 굴지 않거든요'라고 어필하는 거나 마찬가지니까. 털털한 사람이라며 자신의 존재감을 인식시켜주는 일 자체야 문제가 되지는 않지만 굳이 다른 여자와의 구분 짓기로 존재감을 어필하는 것이 좋아 보이지는 않는다.

그래서 난 이런 자칭 털털녀들을 상당히 경계한다. 굳이 친해지고 싶지는 않다. 스스로 털털하다고 말하는 사람을 보면 자연스럽게 거리를 둔다.

그렇다면 나는 어떨까?

네, 그렇습니다. 많은 분들이 이미 눈치 채셨겠군요. 사실 나 역시 엄청 많은 사람들로부터 "성격이 털털하네"라는 말을 자주 듣는 편이다. 마음속으론 그만 좀 듣고 싶다고 생각하면서도 그 자리에서는 쓴웃음을 지으며 받아넘기곤 한다. 그런데 이상한 점이 하나 있으니, 내게 털털하다고 말하는 사람은 꼭 여자라는 것이다.

내가 어째서 사람들, 굳이 따지자면 여자들로부터 털털하다는 말을 듣는지 잠깐 고찰해보도록 하자.

일단 나는 단체 행동에 서투르다. 그래서 여자들의 무리에 전혀 끼지 못하고 항상 혼자서 잘 돌아다닌다. 또한 남자 사람 친구들도 제법 많다. 연애 감정? 성욕? 그런 거 전혀 없다 (그 이야기는 나중에 하자). 물론 술 마시는 것도 좋아한다. 그것도 고급 레스토랑보다는 좁고 지저분한 골목에 있는 술집에서 마시는 게 훨씬 즐겁다. 그런 가게에서 먹는 닭꼬치나 두부 요리는 정말 맛있다.

다음은 대화. 내가 평소에 사람들과 무슨 이야기를 하는지 생각이 잘 안 난다. 일단 연애 이야기는 잘 안 하고, 지금 하고 있는 일은 나름 즐거우니 일에 대한 불평을 늘어놓을 이유도 없다. 어? 정말 내가 무슨 이야기를 했던 거지……? 혹시 인생 이야기……? 지난번에는 고령사회의 노인 문제와 남자 아이돌에 대한 이야기를 했던 것 같은데? 그래도 뭐가 됐든 항상 대화에 열중했던 느낌이 든다. 아, 그건 매번 취해 있어서 그런 걸까……?

그리고 성격이 매우 단순해서 평소 별 생각이 없고 고민도 안 한다. 이런 부분은 내 장점일 수도 있겠지만, 사실은 한 가지 일로 오랫동안 고민하는 게 귀찮은 탓에 그저 빨리 결정해버리는 것뿐이다. 어쩌면 나는 그냥 바보인지도 모르겠다.

이렇게 스스로의 특징을 객관적으로 되짚어보니 나란 사람은 정말 '털털함' 그 자체다. 사람들 앞에서 나를 그런 식으로 소개한 적은 없지만 말이다. 결국 털털함이란 세상의 일반적인 여성상에서 벗어난 이에게 주어지는 개성이 아닐까 한다. 좋은 의미에서든 나쁜 의미에서든.

내가 "털털하네"라는 수수께끼의 칭찬에 동의하지 않는 이유는 나 자신이 꽤나 성가신 사람이라는 사실을 잘 알고 있기 때문이다. 술이 들어가면 그 부분이 더욱 두드러진다. 얼마 전엔 필름이 끊겨 있는 동안 특정 인물에게 서른 번 넘게 전화를 걸고 열 명 정도에게 문자 메시지를 보냈다. 물론 상대방은 답장 한 번 없었다. 내가 술에 취하면 엄청나게 귀찮게 군다는 것을 잘 알아서다.

지난번에는 반년 만에 만난 남자 사람 친구들과 술을 마시다가 밝은 미소와 함께 "저번에 너 엄청 귀찮고 재밌었어!"라는 말을 들은 적이 있었다. 그러나 정작 나는 기억이 잘 안 났기에 천천히 이야기를 들어보기로 했다.

수십 명이 모인 연말 송년회에서 술을 마실 때 있었던 일이라고 한다. 남자 사람 친구들과 이야기를 할 때 어떤 예쁜 여자가 끼어드는 걸 보고 내가 "그래, 어차피 다들 예쁜 여자가 좋은 거겠지!"라며 몇 번이고 화를 냈다는 것이다. 그렇다. 내가 말이다.

이 이야기를 듣고 한참 동안 웃었다. 나는 엄청 성가신 사람이구나. 털털은 무슨……. 성가신 데다가 이런 못난이를 누가 좋아하겠어?

이런 식으로 내가 못나게 굴었던 이야기는 앞으로도 친구들과 술을 마실 때마다 회자될 것이다. 아, 도저히 들어줄 수 없을 것 같다. "술이 인간을 망가뜨리는 게 아니라 원래의 망가진 본성이 술로 말미암아 드러나는 것이다"라는 말이 있는데, 내 경우에는 엄청나게 까다롭고 성가신 본성이 드러난 것인지도 모르겠다.

나는 성가신 여자다. 인정한다. 하지만 마지막으로 한마디만 하고 싶다. 이 세상에 털털한 여자가 존재하긴 하는 거냐?! 아니, 털털한 사람이 어디 있나!

내 주변 사람들도 나처럼 다 성가시다. 정도와 방향의 차이가 있을 뿐 누구나 나름의 까다롭고 성가신 구석이 있기 마련인데, 그걸 굳이 여자의 독보적 성질인 양 구분 지어야 할 필요가 있나 싶다. 예를 들어 우리 모두는 일상의 별것 아닌 이야기를 문자 메시지로 일일이 보고하는가 하면 답이 없는 연애 상담으로 남의 시간을 뺏기도 한다. 카페에 가면 뭘 주문할지 한참을 고민하고, 멘탈이 약해지면 밤마다 울면서 누군가에게 전화를 걸 때도 있다.

처음 만났을 때부터 '이 사람 성가실 것 같네'라고 생각하게 되는 경우는 없다. 점점 사이가 가까워지면서 가면이 벗겨지고, 그 안에서 성가신 부분이 드러나는 것이다.

성가시다. 엄청나게 성가시다. 착한 애긴 한데……. 바로 이런 '착한 애'라는 부분과 '난 얘가 왠지 좋아'라는 부분이 결합되면서 성가신 부분을 꾹 참고 친구로 지내는 것이 가능해지는 것 같다. 상대방의 성가신 부분을 감싸안을 수 있어야 진정한 인간관계가 완성되는 것이다.

어쩌면 우리가 '털털해야 한다'는 강박에 너무 사로잡혀 있는 것은 아닐까? 그저 서로의 까다롭고 성가신 부분을 이해 하고 받아들일 수 있다면 그런 강박에서 벗어날 수 있을 텐데 말이다. 타인의 성가심을 지적하기 전에 먼저 자신의 여유 없는 마음을 들여다보는 것은 어떨까?

분명 사랑은 아냐

"이상형이 어떻게 돼요?"라는 질문을 받으면 언제나 대답이 궁해진다. 글쎄, 이야기를 재미있게 하는 사람? 자신의 의견이나 꿈이 명확한 사람? 특별한 재능을 갖고 있는 사람?

이렇게 쓰고 보면 상당히 추상적이다. 하지만 애초에 남들을 딱히 좋아하지도 싫어하지도 않는 편이니 어쩔 수 없다.

이상형이 어느 정도 정해져 있기야 하지만 내가 지금까지 좋아했던 남자들은 제각기 천차만별이었다. 공통점을 굳이 들자면 담배를 피웠다는 것 정도다. 하지만 나는 흡연자 주제에 담배 냄새를 싫어하다 보니 남자가 내 앞에서 담배를 피우는 것도 좋아하지 않는다. 물론 티를 내지 않았고 담배를 끊으라는 말 역시 한 번도 하지 못했다. 하지만 뭐, 상대를 좋아하게 되면 다 그런 거 아닐까?

그렇다면 결혼 상대로는 어떤 사람이 좋을까? 애초에 나는 별로 결혼할 생각이 없고 누군가와 한집에서 생활한다는 것 자체를 상상하기 힘들지만 가능성만큼은 남겨두도록 하자.

결혼 상대는 일단 좋아하는 감정을 계속 유지할 수 있어야 하고 상호 신뢰 관계를 구축하는 것이 중요하다. 하지만 둘이 살아가면서 곤란하지 않을 정도의 돈이 있어야 한다는 점도 빼놓을 수 없다. 나는 결혼 및 출산 뒤에도 계속 일하고 싶으니 맞벌이를 인정해주는 사람이 좋다. 또한 나는 상당히 열심히 일하는 편이니 어느 정도는 집안일과 육아를 여남 구분 없이 함께하는 사람이라면 좋겠다. 그리고 화를 잘 안 내며 자주 웃고 나처럼 술을 잘 마시면서 식성도 비슷한 사람이 좋을 것 같다. 더불어 나는 게으르고 뭐든 적당히 넘어가는 성격이니 방이 더럽거나 빨래가 조금 구겨졌어도 별로 신경 쓰지 않는 사람이라면 같이 살기 편할 것 같다.

조건이 너무 많다고? 결혼할 사람과는 죽을 때까지 함께할 것을 약속하고 가족이 되어야 하니 조건이 많아질 수밖에 없다. 하지만 연애 감정은 반드시 필요한 게 아닐지도 모른다.

사랑하는 감정이 지속되는 건 고작해야 3년뿐이라고 하니까 말이다. 결혼의 경우에는 '서로를 좋아하는가?'보다 '함께 있으면 편한가?'가 더욱 중요한 것 같다.

물론 나는 결혼을 해본 적이 없기 때문에 다른 사람과 부부가 되어 한집에서 살아가는 것이 어떤 느낌인지 잘 모른다. 꽤나 즐거울 수도 있지만 그만큼 힘들 것 같기도 하다. 생판 남이었던 사람과 함께 사는 거니 말이다. 피가 섞인 가족과도 제대로 소통하지 못하는 내 입장에서 보면 상상의 범주를 훨씬 넘어서는 이야기다.

성격이 잘 맞는 여자 친구들과도 오랜 시간을 함께 보내기는 힘들었다. 매번 혼자 여행을 떠나는 것도 그 때문이다. 내가 좋아하는 영화나 전시회가 있을 때에도 함께 갈 사람을 찾지 않고 혼자서 보러 간다. 나는 보통 술 없이는 대화를 잘 이끌어나가지 못하는 데다 내 취향을 상대에게 강요하는 것 같아 미안해지기 때문이다.

하지만 딱 한 번 '다른 사람과 함께 생활한다는 게 이런 느낌이구나', '누군가와 결혼해서 힘을 합쳐 살아간다는 게 이런 거구나'라고 생각했던 적이 있었다. 그게 바로 K군과 함께 시간을 보냈을 때였다.

K군과 처음 만난 것은 태국에서 하늘에 열기구를 날려 보내는 축제를 보러 갔을 때였다. 그 무렵 나는 대학 졸업 후 취업하기 전에 해외여행을 다니던 중이었고, 태국 다음으론 옆 나라인 미얀마에 갈 예정이었다. 그런데 이야기를 나누다 보니 K군도 미얀마에 간다고 해서 동행하게 됐다.

혼자 여행해본 적이 없다면 잘 모를 테지만, 이런 식으로 여러 나라를 다닐 때 만난 사람과 목적지가 같으면 동행하기도 한다. 미얀마는 특히 숙박비가 비싸다는 이야기를 들었기에 마침 잘됐다고 생각했다.

K군은 나보다 네 살 연상이었고 사진 찍는 걸 좋아하는 사람이었다. 대기업을 다니다 그만두고 나처럼 1년 정도 해외를 돌아다니는 중이라고 했다. 고수가 들어간 음식을 싫어한다는 것, 공교롭게도 생일이 같다는 것 외에는 이렇다 할 공통점이 없었다. 특별히 멋진 외모도 아니었고 내 이상형과 거리가 멀었던 K군은 학교 다닐 때 같은 반이었다 해도 절대 친해지지 않았을 타입이었다.

하지만 신기하게도 그와 나는 죽이 잘 맞았다. 취미와 사고방식을 비롯한 모든 것이 달랐는데도 함께 있으면 편했고 이야기도 잘 통했다. 우리는 3주 정도 미얀마에서 함께 지낸 뒤 인도에서 다시 재회해 식사를 했다. 그 뒤에 이집트에서도 다시 만났고 에티오피아 남부까지 내려가면서 함께 많은 것을 보았다.

그러는 동안 지브리 스튜디오의 영화를 같이 보거나 현지에서 산 파인애플을 함께 먹는가 하면 아무 일도 하지 않으며 게으르게 지내기도 했다. 각자의 처지에 대한 이야기나 과거 혹은 미래에 대한 이야기도 나눴다.

K군과 함께 지낼 때는 같은 방에 묵었는데, 아침잠이 많은 K군을 내가 깨워주는 게 일과였다. 각자 하고 싶은 일을 하며 대화를 거의 하지 않는 날도 있었다. 몇 달을 K군과 거의 함께 생활한 탓에 "이제는 더 이상 할 이야기도 없네"라는 말을 한 적도 있었다.

그러다 문득 이런 생각이 들었다. 다른 사람과 함께 산다는 것, 똑같은 목표를 갖고 생활한다는 것이 이런 느낌일까 하고 말이다. 우리는 특별히 할 이야기가 없어도 괜찮았다. 서로에게 신경 쓰지 않으면서도 자연스럽게 함께 지내며 적당한 거리감 같은 것이 유지됐던 것 같다. 물론 서로에 대한 연애 감정도 없었기 때문에 깊은 관계로 발전하지는 않았다. 그럼에도 나는 K군과 함께 지낸 시간이 너무나 편했고, 누군가와 함께 시간을 공유할 때의 행복이라는 것을 처음으로 알게 됐다.

일본에 돌아온 뒤 딱 한 번 K군과 만난 적이 있다. 신주쿠에서 약속을 잡고 적당한 술집에 들어가 서로의 근황이나 직장에 대한 이야기를 했다. 하지만 예전만큼 대화가 재미있지 않아서 그 뒤로는 그와 만난 적도, 연락을 주고받은 적도 없다.

하지만 나는 K군을 많이 좋아했던 것 같다. 같이 있으면 그렇게 편할 수가 없었다. 누군가와 그토록 오랜 시간을 함께하면서도 내가 전혀 스트레스를 받지 않았던 유일한 사람이 K군이었다. 나는 누군가와 함께 시간을 보내는 것이 늘 고역이었고, 분명 앞으로도 혼자가 편할 것이다. 하지만 그는 그런 내게도 누군가와 함께할 수 있는 권리가 있다는 걸 처음 깨닫게 해준 사람이다.

분명 사랑은 아니었을 것이다. 어쩌다 보니 함께하게 된 것뿐이고 서로에 대한 연애 감정 역시 조금도 없었으니까. 그럼에도 K군과 함께 보낸 시간이 내게 있어 소중한 가치를 가진다는 사실만은 분명하다.

최선을 위한 가벼운 선택

초등학생 시절에 나는 훗날 대학을 졸업하면 곧바로 결혼하고 스물다섯 살 무렵에는 아이를 낳아 평범한 전업주부가 될 거라고 상상했다.

그러나 중학생이 되었을 때는 내게 결혼하고 싶은 마음이 별로 없다는 사실을 깨달았고, 고등학생 때는 평범하게 대학을 졸업하고 직장인이 되어 매일 똑같은 업무를 보며 지루한 생활을 하게 될 거라 생각했다.

어른이 되기 위해서는 일을 하거나 가정을 이루어야 하지만, '어른' 혹은 '사회인'이 되면 삶이 정말 재미없을 거라고 상상했던 기억이 난다. 매년 생일이 가까워질 때마다 내가 어른이 되어간다는 것, 그리고 내 안의 젊음이 소모되고 있다는 것이 두려웠다. 이미 충분히 지루한 생활이 앞으로 더욱 재미없어질 거라 생각하니 이대로 계속 살아봐야 무슨 의미가 있나 싶었다. 물론 막상 어른이 되어보니 내가 상상했던 어른의 조건은 현실과 무엇 하나 들어맞지 않았다. 지금 생각해보면 일종의 중2병 같은 거였을 수도 있겠다 싶다.

결혼? 스물다섯이 넘은 지금도 여전히 하지 않은 상태다. 남편은커녕 애인도 없다. 지금도 그렇고 앞으로도 누군가에게 홀딱 반할 일은 없을 듯하고, 내 시간을 다른 사람과 공유할 수 있을 것 같지도 않다. 이렇게 살다가 혼자 죽게 될지도 모르지만 그것 또한 나름 나쁘지 않을 것 같다는 생각이 든다.

생각해보니 나는 지금까지 꾸준히 좋지도 나쁘지도 않은 인생을 살았지 싶다. 아니, 어쩌면 대체로 별로였던 것 같다. 대학도 꽤 힘들게 졸업했다. 졸업을 눈앞에 두고서야 학점이 부족하다는 것을 깨달아 추가 시험을 치러야 했고, 겨우 합격했으니까. 덧붙이자면 운전면허 시험에서도 셀 수 없이 떨어져, 면허를 따기까지 10개월가량이 걸렸다. 그때 평생 운전 따위는 하지 않겠다고 굳게 맹세한 덕에 내 운전면허증은 값비싼 신분증으로 전락하고 말았다.

변변한 구직 활동도 하지 않았다. 나는 여행 다니는 걸 좋아해서 언젠가 장기 여행을 떠나보고 싶었는데, 하필이면 그게 대학 졸업 직후가 됐다. 졸업 뒤 아르바이트로 돈을 모아 9개월 정도 해외를 방랑했다.

이렇게 글로 적고 보니 참 한심스럽다 싶지만, 지금의 내 인생은 그리 나쁜 편은 아니라고 생각한다. 실은 꽤나 마음에 든다.

지금은 무사히 회사원이 됐고, 불평을 늘어놓긴 하지만 좋아하는 일을 하고 있다. 좁긴 하나 혼자 살 수 있는 집도 있고, 애인은 없지만 가끔 함께 술을 마실 수 있는 친구와 나를 믿어주는 사람들이 많다.

결혼은 하지 않았고 대학 졸업도 간당간당했다. 내가 상상했던 어른의 이미지와는 많이 다르다. 유치원 시절의 내가 지금의 나를 보면 울음을 터뜨릴지도 모르겠다. 하지만 자신이 원하는 생활을 할 수 있다면 어른이 되는 것도 그렇게 나쁘지는 않다고 말해주고 싶다.

나는 내 인생에 대해 그다지 깊이 생각해본 적 없고 대부분의 일을 직감과 충동과 분위기에 따라 결정하고 그에 따라 행동했다. 게다가 무척이나 시야가 좁은 편이라서 '어라? 지금이 아니면 기회가 없을 것 같은데?'라는 생각이 들면 이번 기회를 놓칠 수 없다는 느낌에 곧장 행동으로 옮기고 봤다. 아, 나도 안다. 내가 한심하다는 걸.

졸업 뒤 해외여행을 갔을 때도 그랬다. 본가 거실에서 강아지를 쓰다듬다가 무심코 결심한 여행이었다. 전 직장을 관둘 때도 화장실에서 볼일을 보던 중에 문득 이곳에서는 더 이상 배울 것도 없고, 남아 있을 이유가 없다는 생각에 바로 이직할 곳을 알아보기 시작했다.

예전부터 충동적이다 싶을 만큼 결정이 빨랐던 나는 식당에서 메뉴를 고를 때나 가전매장에서 비싼 카메라를 살 때도 바로바로 정하곤 했다. 사실 무엇을 고르든 대부분의 선택은 크게 다르지 않다는 게 내 생각이다. 옷이나 물건뿐만 아니라 인생에 관련된 결정에서도 어느 쪽을 택하든 큰 차이는 없다. 나는 인간의 능력이란 어차피 정해져 있고, 어느 타이밍에 행동으로 옮기느냐에 달려 있다고 본다.

'만약 그때 이렇게 행동했다면……' 하며 후회하게 될 수도 있겠지만, 그것은 분명 현재의 상황이 잘 안 풀려서 드는 생각이다. 과거의 선택을 후회하는 것보다는 지금 주어진 조건 하에서 어떻게 하면 보다 좋은 상황으로 바꿀 수 있을지를 생각하고 행동하는 편이 더 바람직하지 않을까? 잘못 선택했다거나 실수했다는 생각이 들 때도 있겠지만, 그런 가운데서도 최선의 방법을 찾아내서 행동으로 옮긴다면 웬만한 일은 무난하게 해결된다.

그래서 나는 내 인생에 대한 후회가 별로 없다. 점심 메뉴에 대해서는 한참을 고민하면서도 정작 내 인생에 관련된 중요한 일은 별 생각 없이 결정해버린다. 이상하게 자신과 관련된 일에는 묘한 낙관주의가 발휘돼서 아무래도 상관없다고 생각하기 때문이다. 다른 사람에게 피해만 가지 않는다면 어떻게 되든 괜찮지 않을까?

이런 사고방식은 내 무책임한 성격에서 비롯된 것일지 모르겠다. 하지만 잘못된 건 아니라고 생각한다. 어떤 결과를 맞더라도 피하지 않겠다는 나름의 소극적이지만 대범한 자세니까. 그보다는 나를 위한 좋은 기회가 찾아왔을 때 과감하게 뛰어들 수 있도록 직감을 더욱 갈고닦고 싶다.

내 지인 중에는 인도 여행 중 현지인의 청혼을 받아 '뭐,

나쁘지 않네'라는 생각에 결혼해서 정착한 사람이 있다. 또 에티오피아의 어느 마을에 사는 동갑 청년과 사랑에 빠져 초장거리 연애를 하는 사람이 있는가 하면 아일랜드의 록 밴드를 너무나 좋아한 나머지 현지에서 생활하는 사람도 있다. 그 밖에도 이탈리아에서 먹은 음식에 감동해서 그 레스토랑에서 음식을 배우기로 결심한 사람, 애인을 만나러 이집트에 갔다가 현지에서 만난 독일인과 사랑에 빠져 결혼한 사람까지…….

내가 원하는 삶이 바로 이런 거다. 세상에는 다양한 삶의 방식이 있고, 간단한 결정으로 전혀 다른 환경에 뛰어들어 '뭐, 괜찮네'라고 생각할 수 있다면 그것만으로도 꽤 멋진 인생이 아닐까? 나는 그녀들의 깔끔한 결단력과 가벼운 실행력에서 용감함마저 느낀다.

내 인생에도 운명을 바꾸는 순간이 언젠간 찾아올 것이다. 다른 사람에게서 주어지든, 스스로 쟁취하든 상관없다. 비록 어렸을 때부터 상상했던 어른이 되지는 못했지만, 내 인생을 확 바꿀 만한 운명이 찾아올 그때 최선의 선택을 할 수 있도록 준비운동을 하고 있을 생각이다. 오늘도, 또 내일도 나는 직감과 충동과 분위기에 휩쓸려 내가 좋아하는 것을 선택할 테다.

평범한 어른이 될 수 없는 나

내가 간신히 취업했을 때 많은 사람들이 "어? 일할 마음이 있었어?!"라며 놀랐던 것을 기억한다.

당연히 있고말고. 일하고 싶은 마음은 남들 못지않다. 나는 원래부터 결혼하고 싶은 마음이 별로 없으니 평생 독신으로 살아갈 가능성도 염두에 두고 있다. 그렇다면 적어도 혼자 벌어먹고 살 만한 환경을 조성해놓아야 한다. 내가 좋아하는 일만 하며 살 수는 없을 테니 남들처럼 사회의 격류에 휩쓸려 적당히 회사원으로 벌어먹고 사는 것도 괜찮을 것 같았다.

예전부터 "너는 절대 회사원으론 못 살 것 같아"라는 말을 자주 들었다. 이유는 나도 안다. 나 역시 내게 사회인이나 회사원이라는 말이 어울리지 않다는 걸 어렴풋이 알고 있었다. 하지만 특별히 하고 싶은 일이 있는 것도 아니었고 특별한 재능이 있는 것 같지도 않았다.

옛날부터 나는 단체 행동에 적응을 잘 못했고(지금도 비즈니스 매너 같은 것에는 완벽해지지 못하는 것 같다) 덜렁대며 뭐든 대충 넘기는 성격 때문에 작은 실수를 연발했다. 그리고 매일 똑같은 업무를 보는 것이 나와는 맞지 않는 스타일이라고 생각했다.

나는 어디에 있든 꾸준히 혼자 튀는 존재였던 듯하다. 대학생 시절에도 "머리 까맣고 키 크고 요란한 옷을 입은 여자애"라고 하면 다들 나를 말하는 것임을 알았다고 한다. 친구가 한 명도 없었는데……!

내겐 장래에 대한 막연한 불안감이 있었다. 주위 사람들의 말처럼 회사원이 적성에 맞지 않을 것 같았고, 결혼도 못 할 것 같았으니까. 그런 막연한 불안감은 내가 취업하기 전 간간이 아르바이트를 하던 시기에 한층 심해졌다. 심적 부담이 없는 일을 하면서 특정 목표(해외여행)를 향해 노력하는 것은 분명 즐거웠다. 일단 남들로부터 충고를 받거나 혼날 일이 전무

한 생활은 쾌적하기 이를 데 없었다. 하지만 조금이라도 긴장을 풀면 마음속에선 '너 정말 이대로 괜찮겠어?'라는 속삭임이 들려왔다.

지금 이대로는 안 된다는 사실을 가장 잘 아는 사람은 나였을 것이다. 마음 한구석에서는 빨리 일을 찾아 제대로 된 어른이 돼야 한다는 초조함이 자리하고 있었다. 가장 손쉽게 어른이 되는 방법은 뭘까? 그때 내 머릿속에선 회사원이 되는 것 말고는 좋은 방법이 떠오르지 않았다.

그렇게 해서 면접을 수없이 본 끝에 합격 통보를 받았다. 구직 활동에 대한 지식도 전혀 없었고 아르바이트 면접과 정직원 채용 면접에 무슨 차이가 있는지도 몰랐는데 말이다.

구직이나 이직은 굉장히 힘든 일이었다. 대학생 시절에는 마치 내겐 절대 없을 일이라는 듯 '힘들겠다', '난 도저히 못할 것 같아'라고 생각하며 남들의 구직 활동을 지켜봤다. 그런데 막상 내 차례가 되니 정말 별로였다. 서류 심사에서 떨어지는 일이야 무수히 많았으니 이내 익숙해졌고, 나중에는 '뭐, 그럴 만하지'라고 생각하며 무덤덤해질 정도였다. 면접 역시 몇 번을 거듭해도 잘 안 됐다. 어떻게 대답해야 정답인 건지도 몰랐고, 어째서 떨어진 건지는 더더욱 알 수 없었다.

평범한 어른이 되려면 이런 힘든 일을 수없이 반복하며 죽고 싶어질 만큼 절망하면서까지 어딘가에 소속되어야 했다. 당시에 나는 주변 사람들의 말처럼 정말 회사원이 적성에 안 맞는 건지도 모른다는 생각이 들었다.

끝없이 좌절하면서 몇 번이고 면접을 본 끝에 한 회사로부터 합격 통보를 받았다. 그 회사는 엄청난 악덕 기업이라 결국 금방 그만두고 말았지만, 사회인이 되고 나서 한 가지 깨달은 사실이 있다.

어른들은 모두 평범한 척을 하고 있다. 우리가 어렸을 때부터 생각해온 '어른'의 이미지는 완벽하고 무슨 일이든 척척 해내는 존재였다. 회사에서 실수를 하지도 않고 인간관계 때문에 고민하지도 않는, 나로서는 도저히 흉내 낼 수 없는 인간상이었다. 하지만 회사에서 일을 하다 보면 인사도 제대로 못 하는 사람, 자신의 실수를 얼버무리며 끝까지 변명하는 사람, 자신이 할 수 있으면 상대방도 당연히 할 수 있다고 생각하는 사람, 아무리 노력해도 아침에 못 일어나는 사람, 아주 자연스럽게 거짓말을 하는 사람 등등 '평범한 어른'이 되기에는 어딘가 부족한 사람들 천지다. 아니, 나는 오히려 그런 사람들밖에 보지 못했다. 누구에게나 결점이 있고, 그것은 아이든 어른이든 마찬가지다. 하지만 무슨 원리에서인지는 몰라도 그런 사람들이 모인 회사의 업무는 원만하게 돌아가고 있었다.

반대로 말하자면, 일만 제대로 해내면 아무도 그 사람에게 뭐라고 하지 않았다. 그 외의 부분들이 아무리 형편없는 사람이라고 해도 말이다.

지금 다니는 회사에 근무한 지 반년이 지났다. 아직까지는 잘해나가고 있는 것 같다. 앞으로 더 이 회사에서 열심히 일해보려고 생각 중이다. 얼마 전 상사에게 "술만 먹으면 입이 거칠어진다니까", "사람이 품위가 없어"라는 뼈 있는 농담을 듣기도 하고 여전히 자잘한 실수도 많지만 어떤 형태로든 내가 회사에 도움은 되고 있는 것 같다.

취업하기 전에는 정말 회사원이 내 적성에 맞지 않는 것 같았고, 지금도 그렇게 잘 맞는 편은 아니라고 생각한다. 업무 능력을 향상시키고 싶어 한다거나 높은 자리에 올라가고 싶은 것도 아니다. 돈이야 많으면 좋겠지만 생활하는 데 불편하지 않을 만큼의 수입만 있어도 상관없다.

그런 내게 회사원이 잘 맞을 리 없다. 하지만 이곳에 내가 있을 자리는 분명히 있다. 나를 평범한 어른으로 보이게 하는 장소가 바로 이곳이다.

거리에서 스치는 수많은 사람들 그리고 우리가 자주 만나는 사람들도 사실은 평범한 어른이 되기에 여러모로 부족할지 모른다. 나와 똑같은 불안감을 품고 있으면서도 자신의 모난 부분을 드러내지 않고 튀지 않도록 행동하는 것뿐일 수도 있고 말이다. 그저 평범한 어른이 된다는 건 우리 모두에게 쉽지 않은 일인 것이다.

3

이 정도의 거리가 좋다

칭찬에 뻔뻔해질 필요가 있다

"머리 잘랐네! 예쁘다"라는 말을 들으면 곱게 들어주지 못하겠다.

아니, 한번 생각해보자. 머리 자른 걸로 예뻐질 리가 있냐고? 머리를 자를 때마다 정말 예뻐진다면 나는 지금쯤 비구니가 됐을 것이다. 좀 꼬였다고? 그런 걸지도 모른다. 하지만 당신은 여자한테 '예쁘다'고 하면 다 된다고 생각했잖아. 아닌가? 대충 칭찬해주면 다 넘어가는 줄 알았으면서. 뭘 모른다니까. 불합격이야. 난 '예쁘다'는 말이 정말 별로다. 예쁘다는 게 무슨 뜻인지나 아는 걸까? 별로 관심도 없는 사람한테 무슨 말이든 해야 할 때 대충 '예쁘다'고 하는 거잖아. 내 말이 틀렸어? 그런 얄팍한 생각에는 안 넘어간다고. 머리 좀 자른 걸로는 내 얼굴도, 인상도 전혀 안 바뀐다고!

물론 마음속으로는 이렇게 분노하면서도 입으로 나오는 건 "고맙습니다"라는 다섯 글자였다. 머릿속에 떠오른 무수히 많은 말을 힘껏 응축시켜 상황을 무마시키기 위해 가장 무난한 대답인 다섯 글자로 바꾸는 것이다. 솔직히 말하면 "뭐라는 거야"라는 다섯 글자가 훨씬 정확하지만, 그런 말을 꺼낼 수 있을 리가 없다.

혹자는 내가 칭찬에 익숙하지 않은 것이라 할 수도 있다. 그렇다. 나는 칭찬받는 게 어색하다. 뭐라고 대답해야 좋을지 모르기 때문이다. 뭐, 정답을 찾자면 "고맙습니다"가 가장 적당할 테지만 진심에서 우러나오는 말이 아니다. 칭찬을 받을 때마다 제3차 반항기에 놓인 내 자아는 "뭐라는 거야. 머리 좀 자르면 안 되냐?"라고 비아냥댄다. 하지만 그런 말을 함부로 해서는 안 되는 게 어른이다.

칭찬을 들으면 낯간지럽다. 부끄럽기도 하고 '정말로 그렇게 생각해? 대충 아무렇게나 말하는 거잖아!'라는 의심도 든다. 더불어 아주 약간의 미안함도 느낀다. 어떻게 반응해야 좋을지도 모르겠고, 무엇이 됐든 상대방의 호의를 그냥 무시할 수는 없기 때문이다. 하지만 칭찬을 곧이곧대로 받아들여야 하는가 싶다. 농담처럼 들리기도 하고 가끔씩은 놀리는 것 같기도 하니까. 받아들이는 입장에서 100퍼센트 칭찬으로 여기기 힘든 상황도 있는 법이다. 칭찬이면 칭찬이지 뭘 그렇게 꼬아서 생각하냐고 묻는다면, 그건 너무 폭력적인 거 아니냐는 반항심이 생긴다.

의도야 어떻든 상대의 호의에는 최소한 반응해줘야 한다는 게 내 생각이다. 그렇다면 어떤 반응을 보여야 정답인 걸까? 어떻게 하면 칭찬을 긍정적으로 받아들일 수 있을까? 이건 내가 평생 풀어야 할 과제다. 아직도 잘 모르겠다. 칭찬을 들을 때마다 나는 매번 상대방에게 상처를 주지 않으면서도 스스로 납득할 수 있을 만한 대답을 하지 못했다.

사실 가능하면 날 그냥 가만히 놔뒀으면 한다. 그게 안 된다면 "머리 잘랐네"라거나 "화장 바꿨네" 같은 변화를 인지하는 데 그치고, 특히 '예쁘다'는 말만큼은 쓰지 않았으면 좋겠다. 외모는 내 콤플렉스란 말이다! 물론 나를 잘 모르는 사람이라면 내가 외모에 갖는 열등감을 알 리가 없다. 하지만 나는 목구멍까지 나오려는 저 말을 언제나 도로 삼키곤 한다.

머리를 잘랐을 때 칭찬받는 건 사양이다. 화장에 대해서도 좀 그렇고, 얼굴이나 몸매에 대한 이야기는 더 싫다. 하지만 옷이나 가방 같은 내 취향을 칭찬해주는 건 기쁘게 듣는다.

이 차이는 대체 왜 생기는 걸까? 그건 아마 내 내면을 인정받은 기분이 들기 때문인 것 같다. 그런 것들을 한 단어로 정리하면 바로 '센스'가 아닐까 한다. 내가 지금까지 접해온 것들이 전부 모여서 나를 증명하는 '센스'가 된다. 내 콤플렉스인 외모와는 상관이 없다는 점도 마음에 든다.

취향에 대해 칭찬을 받으면 나는 곧바로 자연스럽게 그 취향에 대한 내 이야기를 이어나간다. 예를 들면 "이 모양을 보자마자 바로 꽂혔어"라거나 "지난번 여행 때 보고 사온 거야"라는 식으로 말이다.

누군가가 내 취향을 칭찬해주는 건 기쁜 일이다. "내 센스를 알아봐주는구나"라고 하며 어깨동무를 하고 싶어질 정도다. 마치 동지를 발견한 기분이다.

'예쁘다'는 말도 그런 식으로 곧이곧대로 받아들일 수 있게 된다면 얼마나 좋을까? 숨겨진 의도를 곱씹지 않고 단순하게 기뻐할 수 있다면 좋을 텐데. 나도 안다. 사람들이 칭찬해준다는 게 얼마나 기쁜 일인지를. 하지만 외모에 대해서만큼은 그게 받아들여지지 않는다. 나는 그저 일방적인 외모 칭찬에 잘 대처할 수 있는 방법을 알고 싶다. 상대방의 호의에 어른스럽게 대응하면서도 내 자의식이 흔들리지 않을 만한 대답 말이다.

진심을 말하자면 내가 워낙 자의식 덩어리라 콤플렉스를 자극받지 않으며 살아가고 싶은 것뿐이다. 그리고 상대의 외모에 대한 과도한 관심이 칭찬으로 포장한 폭력이 될 수 있다는 점도 한 번쯤 생각했으면 싶다.

연애 세포의 행방

스포츠에서는 연습을 하루 빼먹으면 사흘 동안 일하지 않는 거나 마찬가지라고 한다. 그럼에도 나는 아랑곳하지 않고 연습을 하루 빼먹을 것이다. 나는 그런 사람이다.

뭔가에게서 한동안 멀어지면 점점 감각이 잊히는 경우가 있다. 스포츠에만 국한된 게 아니라 연애 역시 마찬가지다. 하루 동안 연애 연습을 빼먹고 이왕 빠진 김에 사흘을 쉬었는데, 그 사흘이 어느새 몇 년으로 늘어나버렸다.

나는 연애를 못한다. 그래서 몇 년 동안 전혀 하지 못했다. 내 인생에서 누군가를 좋아한 적이 있었던가? 정말로 나한테 애인이라는 게 있었나? 그저 상상 내지 환각이 빚어낸 기억의 오류는 아닐까?

아마 누군가를 좋아하거나 애인을 사귄 적은 있었을 것이다. 하지만 그때의 감정이 진짜였을까? 내가 진지하게, 진심으로 누군가를 좋아한 적이 있긴 한 걸까? 내 가슴에 대고 질문했지만 뭐가 뭔지 알 수 없게 되어버렸다.

연애 감정은 몸에서 소리 없이 빠져나가버린다. 누구와도 가깝게 지내지 않고, 괴로울 만큼 누군가를 떠올리지도 않으며, 상대방의 말과 행동에 일희일비하지 않으면 사람의 마음은 그것이 필요 없다고 판단하여 자연스럽게 소멸시키기 시작한다. 그때부턴 상대방에게 더 이상 아무것도 기대하지 않게 된다. 연애로부터 한동안 멀어져 있으면 누군가를 좋아하게 되는 감각마저 무뎌진다.

내가 아무리 외롭다고 말한들 그 말은 누구에게도 가닿지 않는다. 공허한 외침일 뿐이다. 내게 매력적으로 보일 만한 부분이 있는지도 잘 모르겠다. 그래서 연애 감정에 휩쓸리다 자멸할 바에야 차라리 감정을 억누르고 모두와 친구로 지내는 게 마음이 편해지는 길이라고 생각했다. 그렇게 생각한 뒤로 나는 어느새 연애로부터 점점 멀어지고 있었다.

혼자서 걷는 외국의 낯선 거리. 거리에서 첫눈에 보고 반한 원피스, 발색이 마음에 드는 아이섀도. 나는 언제나 내가 설레고 좋아하는 것들을 잘 찾아냈고 그것들을 소중히 여기는 방법도 잘 알았다. 하지만 그 대상이 사람인 경우에는 아무리 해도 그렇게 되지 않았다.

아니, 이렇게 말하면 나는 이성에게 매력적으로 여겨지지만 일시적으로 이성에 대한 관심이 없기 때문에 굳이 연애를 안 하는 여자처럼 보일 것 같다. "지금은 연애할 마음이 없거든요"라고 말하는 여자들처럼 말이다.

그러나 내 경우는 다르기에 그렇게 말하는 것에는 어폐가 있다. 그렇지 않은가? 나는 인기가 없었다. 남자를 소개받을 기회는 많았지만 그들과는 금방 친구가 되었다.

"넌 좋은 애니까 금방 애인이 생길 거야"처럼 아무짝에도 쓸모없는 위로를 나는 5년, 아니, 10년 전부터 실컷 받았다. "난 네가 행복해졌으면 좋겠어"라는 말도 계속 들어왔다. 하지만 그런 말을 무책임하게 하는 사람치고 나를 행복하게 만들어주는 이는 아무도 없었다. 무책임하지 않은가? 그런 남자들이 많으니까 내가 이렇게 된 것 아니겠는가.

"금방 결혼할 수 있을 거야." …… 뭐라는 거야. 나는 그

전 단계에서 이미 백기를 들었단 말이다. 인생은 어떤 일이든 거저 오는 게 없다. 노력을 거듭해 애인을 만들지 않는 이상 남자와의 로맨스는 시작되지 않는다.

언제나 이런 식이었다. 나는 항상 이렇게 완전히 고장 나 있는 상태였다. 스포츠는 다시 시작하려면 스트레칭 처럼 기초 연습부터 시작하면 된다. 하지만 연애의 기초 연습은 대체 뭘까? 어떤 연습을 열심히 해야 연애를 할 수 있을까?

내 친구들 중에는 남자 친구가 끊이지 않는 애들이 많은데, 그중 한 명이 이런 말을 했다. "그러면 일단 머릿속에 '가능 상자'와 '친구 상자'를 준비하고, 네가 알고 지내는 남자들을 둘 중 하나에 넣어버려! 그리고 '가능 상자' 안에서 가장 괜찮은 남자를 고른 다음 단둘이 술을 먹자고 해!" 그 친구는 남자와 함께 술을 마실 때마다 연애 감정이 금세 생기는 탓에 친구로 지내는 남자가 거의 없다고 한다.

확실히 일리가 있는 말이었다. 나는 남자 사람 친구들을 성적 대상으로 보기는커녕 '이 사람과 사귀면 어떤 느낌일까?', '이 사람은 날 연애 대상으로 좋아하는 걸까?' 같은 생각조차 한 번도 해본 적이 없었다.

그게 내 맹점이었다. 그래, 사람들은 이런 식으로 친구에서 연인으로 발전하는 거였구나. 일단 친하게 지내다 보면 나를 인간적으로 싫어할 가능성은 낮을 테니 연인으로 발전할 가능성도 그만큼 높아질 수 있다.

그녀는 어떤 남자를 처음 만나면 일단 그 사람이 자신의 연애 대상이 될 수 있을지를 먼저 생각해본다고 했다. 내게 없는 것은 바로 이 '가능 상자'와 '친구 상자'의 존재였다.

그 후로는 나도 머릿속에서 남자 사람 친구들을 '가능 상자'와 '친구 상자'로 분류하고 있다. 내 멋대로 둘 중 하나에 던져 넣는 것이다.

아쉽게도 '친구 상자'는 이미 가득 차버렸지만 '가능 상자'는 좀처럼 채워지지 않는다. 지금은 아무리 노력해도 눈앞에 있는 사람에게 연애 감정을 품거나 그를 사랑하는 상상을 할 수 없다. 이러는 걸 보면 나는 어째 앞으로도 당분간은 연애를 못하겠다 싶다.

고질적 낯가림

“넌 참치 같은 여자야”라는 말을 들은 적이 있다. 이게 무슨 말인가 싶을 것이다.

참치는 입으로 흘러들어오는 물에 포함된 산소를 통해 호흡하기 때문에 계속 헤엄치지 않으면 죽어버린다고 한다. 평생 멈춰서 쉬거나 잠들지도 못한 채 일정한 속도를 유지하면서 죽을 때까지 헤엄치는 것이다.

오래전 수족관에서 본 참치는 입을 크게 벌린 얼빠진 표정을 하고 엄청난 속도로 수조 안을 헤엄치고 있었다. 바다와는 비교도 안 될 만큼 자그마한 수족관에서 살아가는 참치 무리가 먼 곳으로 떠날 일은 없을 것이다. 죽을 때까지 1초도 쉬지 못한 채 그 좁은 세계를 한결같이 돌아다니리라. 내가 참치의 그런 모습과 닮았나 보다.

내게는 처음 만나는 사람이나 상대하기 껄끄러운 사람, 별로 친하지 않은 사람 앞에서도 쉬지 않고 떠들어대는 버릇이 있다. 함께 있을 때의 침묵을 도저히 견딜 수 없어서 잠시라도 대화가 끊기면 토할 것 같은 기분이 든다. 농담이 아니다. 3초라도 공백이 생기면 바로 식은땀이 나고 패닉 상태에 빠진다. 머릿속으로는 뇌세포를 총동원해서 해야 할 말이 없는지, 지금의 침묵을 깨기 위해 무슨 말을 해야 할지, 상대방은 지금 이 무의미한 시간을 어떻게 여길지에 대해 구토감을 억누르며 계속 생각한다.

이건 틀림없이 낯가림이다. 계속 헤엄치지 않으면 죽어버리는 참치처럼 나 역시 계속 떠들어대지 않으면 죽어버릴지도 모른다.

나는 어렸을 때부터 처음 만나는 사람과 이야기하는 게 힘들었다. 무슨 말을 해야 할지 잘 몰랐고 모르는 사람의 얼굴을 바라보는 것도 왠지 쑥스러웠다.

그런 어린 시절의 성격이 내 안에서 전부 사라지지는 않왔지만, '아무 말도 못하는 못난이'에서 '쉬지 않고 떠드는 참치 같은 여자'로 성장하게 된 계기는 고등학생 때 패밀리레스토랑 아르바이트를 시작하면서였다.

종업원으로 일한 2년 반 동안 내 안에서는 혁명이 일어났다. 그곳에서 나는 전혀 다른 사람이 되어야 했기에 낯을 가리지 않고 누구에게나 웃어 보이는 밝고 건강한 종업원을 연기했다. 나는 또 다른 인격을 만들어내는 대신 낯가림 심한 성격을 봉인시켰다.

손님들은 내가 처음 만난 사람 앞에서 아무 말 못 한다는 것도, 상대방의 얼굴을 보면서 말하기 힘들어한다는 것도 알지 못한다. 주문만 정확히 들어가고 맛있는 음식이 나오면 만족했고, 그 과정에 내 인격 같은 건 조금도 중요하지 않았다.

애초에 내 낯가림의 밑바탕에는 '상대방이 날 싫어하면 어쩌지?', '괜한 이야기를 했다가 날 이상하게 생각하면 어쩌지?' 하는 심리가 깔려 있었다. 하지만 이 패밀리레스토랑이라는 세계에서 만나는 사람들은 날 좋아하거나 싫어하기는커녕 내게 일말의 관심조차 주지 않았다. 어떤 종업원이 주문을 받고 음식을 가져왔는지도 기억하지 못할 것이다. 그런 사람들이니 날 싫어할 리도, 이상하게 생각할 리도 없다.

자의식 과잉도 이 정도면 중증이다. 어느 정도냐면 이걸 깨달은 내가 또다시 부끄러워 쥐구멍에라도 숨고 싶을 정도다. 하지만 내 낯가림은 아르바이트 덕에 억지로 극복됐고, 새로운 변형을 맞이했다.

낯가림 뒤에 찾아온 건 수다였다. 계속 떠드는 버릇에 박차를 가한 건 바로 술이었다.

나는 술을 좋아해서 매일같이 마시러 다닌다. 하지만 낯가림의 관점에서 보면 술자리만큼 최악인 곳이 없다. 대화 말고는 할 일이 아무것도 없지 않은가. 영화 한 편보다 긴 시간을 잘 모르는 사람들과 대화해야 한다고 생각하면 급격히 우울해졌다. 하지만 다행히 '술과 안주'가 '타인과의 대화'라는 장애물을 가뿐히 넘었다.

술이 늘기 전에는 친한 친구들과 맥도날드 같은 곳에서 몇 시간 동안 수다를 떠는 일이 없었다. 그게 무슨 의미가 있는지 이해할 수 없었고, 그럴 시간이 있으면 아르바이트를 하거나 내가 좋아하는 취미에 시간과 돈을 쏟고 싶었다. 그런데 성인이 되자 '논다'는 건 대부분 술을 마신다는 뜻이 되었고 그럴 기회도 급격히 늘어났다.

나는 그럴 때 재미없는 사람으로 보이는 게 싫었다. 상대가 내게 싫증을 느끼거나, 1초라도 무의미한 시간을 보냈다고 여기게 해서는 안 됐다. 나는 내가 먼저 사람들을 불러내는 일이 거의 없다. 그렇기 때문에 사람들을 즐겁게 만들어 그들의 뇌리에 깊은 인상을 심어주어야만 했다.

"지나친 생각이야", "아무도 그런 식으로는 생각 안 해" 라고 사람들은 말한다. 하지만 내 마음속에 깊이 자리 잡은 강박관념은 언제나 나를 몰아세운다.

그래서 나는 계속 떠들게 된다. 때로는 나 자신을 경멸하고 비웃으면서도 머릿속으로는 계속 침묵을 두려워하며 다음에 꺼낼 말을 찾는다. 집에 돌아오면 녹초가 되고 '그때 왜 그런 말을 했을까?' 하고 후회할 때도 있다. 하지만 술자리라는 특정 환경에서 생겨난 인격에선 도저히 벗어날 수가 없었다. 분명 나는 앞으로도 사람들 앞에서 실컷 떠들어댈 테니 남들은 내가 낯을 가린다는 사실을 전혀 알지 못할 것이다.

사람들과 나누는 대화는 즐겁다. 유익하기도 하고 내가 몰랐던 깨달음을 주기도 하니까. 하지만 그때마다 긴장을 풀지 못하는 것이 끊임없이 떠드는 버릇을 고칠 수 없게 만든다.

작은 수조 안에서 입을 벌린 채 헤엄치는 참치가 우스꽝스러운가? 나는 그런 참치가 불쌍하다. 내 가치를 낮추면서까지 오랜 시간 떠들어대는 나 역시 다른 사람들의 눈에는 수조 속을 헤엄치는 참치만큼 우스꽝스럽게 보일지도 모르겠다. 나도 이런 내가 그렇게 보이니까. 집에 돌아오는 길이 헛헛하고 공허하다고 느낄 때마다 내가 조금은 관계에서, 그리고 대화에서 편안해지길 간절히 소망한다. 아주 조금이라도.

의외로 사람들은 당신에게 관심이 없다

나는 남들과 이야기할 때의 침묵이 예전부터 견디기 힘들었다. 그 자리의 분위기가 싸해지는 것도, 상대방에게 재미없는 사람으로 보이는 것도 싫었다. 하지만 특별한 화제가 떠오르지 않을 때는 꼭 입에서 쓸데없는 말이 나오곤 했다. 첫마디를 꺼내고 나면 이미 때는 늦었고, 어떻게든 끝까지 말해버리고 나서 상대방의 대답이 돌아올 때까지 지독한 후회를 한다.

지난번에도 그랬다. 내가 아는 사람이 거의 없는 큰 술자리에 불려 갔을 때 옆 테이블에 있던 어떤 이가 내게 말을 건넸다. "주최자와는 어떻게 아시나요?", "어떤 일을 하세요?" 등 초면인 사람들끼리의 뻔한 대화를 주고받은 뒤에 이야기가 뚝 끊기고 말았다. 나는 다급해졌다. 그 자리의 분위기를 띄워야

한다는 사명감이 느껴졌다.

상대방은 나보다 연상이었고 주최자의 얼굴에 먹칠을 할 수는 없었다. 어떻게 해야 좋을지 생각한 끝에 어느 대학을 나오셨냐고 물었더니 일본에서 가장 머리 좋은 사람들만 갈 수 있는 대학 이름이 상대방의 입에서 흘러나왔다. 이때 주눅 들 수 없다고 생각한 나는 나도 모르게 "와, 미팅에서 유리하겠네요"라는 영문 모를 말을 해버렸다. 쥐구멍에라도 숨고 싶었다. 상대방도 뭐라고 대답해야 할지 모르는 눈치였다. 트위터처럼 자기가 한 말을 취소하는 기능이 있다면 당장 사용했을 것이고, 타임머신이 있었다면 30초 전으로 돌아가 나 자신을 때려 눕혔을 것이다. 쓸데없는 말을 꺼냈을 때의 기분은 항상 '죽고 싶어'라는 네 글자로 귀결된다.

나는 이 기분을 무척 자주 느낀다. 업무에 진척이 없어 상사에게 혼날 때도 '내일이 오기 전에 죽고 싶다'라고 생각하는가 하면, 애인도 없이 쓸쓸히 살다가 죽게 될 거라는 막연한 불안감에 휩싸인 밤에도 '죽어버리고 싶어'라고 생각하며 침대 위에 눕는다.

하지만 좋아하는 가수의 라이브 공연을 볼 때도 '이대로 행복한 기분을 만끽하면서 죽을 수 있다면 좋을 텐데'라고 생각하기도 하고, 맛있는 음식을 먹을 때나 좋아하는 친구들과 만나 즐겁게 대화할 때 역시 '이대로 인생을 마감하면 만족할 수 있을 것 같은데' 같은 생각을 진지하게 한다.

"생명은 소중한 거야", "세상에는 살고 싶어도 죽을 수밖에 없는 사람이 얼마나 많은데"라는 꽤나 진지한 반응의 의미도 당연히 이해는 한다. 하지만 죽음이란 내게 매우 친숙한 개념이라 무슨 일이 있을 때마다 눈앞에 닥친 죽음을 상상하곤 한다. 가끔은 내 목숨이 다른 어떤 것보다도 가볍게 느껴진다. 특별히 친한 친구들도 많지 않고 애인도 없는 데다 연락하며 지내는 가족도 어머니 정도다. 죽어도 슬퍼해줄 사람이 많지 않은 내 생명의 무게는 세상 어딘가에서 간절히 생을 갈구하는 사람들의 목숨보다 훨씬 가벼울 것이다.

너무 우울한 이야기가 됐나? 하지만 심각한 의미는 아니고 그저 나는 생각보다 '죽고 싶다'고 느낄 만큼 말도 안 되는 실수를 많이 한다는 이야기를 하고 싶은 것이다. 그런데 정말 많이 한다.

대학생 시절에는 집과 역을 왕복할 때 항상 자전거를 타고 다녔다. 본가 주변에는 집밖에 없다. 요코하마시에 속하면서도 탈것이 없으면 불편한 동네였다. 시골에는 보통 논밭이나 나무들이 많지만 우리 동네에는 빼곡하게 집이 늘어서 있고 거리에는 노인들이나 불량 학생밖에 없었다. 가끔씩은 정신적으로 어딘가 이상한 사람들이 돌아다니기도 했다.

그날은 평소처럼 대학에서 수업을 듣고 아르바이트를 끝낸 뒤, 자전거를 타고 집으로 무사히 돌아가는 일만 남았었다. 나는 자전거 보관소로 가서 자전거 바구니에 짐을 넣었다. 그리고 자물쇠를 풀고 안장에 앉아 페달을 밟기 시작했다. 밤바람이 기분 좋은 날이었다. 이제 막 6월에 접어들어 장마가 시작되려는, 덥지도 춥지도 않은 딱 기분 좋은 밤이 이어지는 시기였다. 이제 곧 다가올 여름의 예감만이 가득했다. 자전거를 타고 집으로 돌아가는 몇 분의 시간. 주변 풍경은 평소와 다를 것이 없었지만 기온이나 습도가 달라진 것만으로도 등하굣길이 조금 즐거워진 느낌이 들었다.

자전거 보관소에서 나온 지 5분 정도가 지났을 때였다. 뒷바퀴에 뭔가가 닿는 느낌이 나더니 아차 하는 순간 치마가 벗겨졌다. 그리고 5초 뒤에 나는 팬티 바람으로 그 자리에 멈춰 섰다.

말도 안 되는 상황이라 믿기 힘들겠지만 뒷바퀴에 치맛자락이 말려들면서 허리끈이 끊어져버린 것이다. 그날 나는 빈티지 가게에서 산 이국적인 느낌의 롱스커트를 입고 있었다. 발목에 닿을 정도의 길이로, 내게 딱 어울린다고 생각했다. 키가 큰 탓에 내게 맞는 치마를 좀처럼 찾는 게 쉽지 않았다. 그 치마를 입고 나온 것은 그날이 처음이었고, 자전거 페달을 밟다가도 이따금씩 시선을 내려 귀여운 디자인을 보며 혼자 흐뭇해했다.

마음에 드는 치마를 입고 밤바람을 맞으며 기분 좋게 집으로 돌아가는 길. 하지만 언제나 그렇듯 살짝 방심해서 주의력이 산만해질 때 나는 꼭 말도 안 되는 실수를 저지른다.

아무 생각 없이 페달을 밟다가 치마가 당기는 느낌이 들었고, 왠지 모를 위기감을 느꼈을 때는 이미 늦었다. 허리끈이 '뚝!' 하는 경쾌한 소리를 내며 뜯어졌고 치마는 엄청난 기세로 뒷바퀴에 말려들어가버렸다.

자전거에 치마가 끼어 당황한 팬티 바람의 여자, 그리고 그 주위를 지나가는 행인들. 도쿄에서는 어딘가 이상한 행동을 하거나 혼자서 화를 내는 사람을 보면 무시하고 그냥 지나가는 것이 가장 좋은 방법으로 알려져 있는데, 그건 우리 동네에서도 마찬가지였다. 퇴근하는 중년의 남자 회사원, 학원에서 돌아오는 길인 고등학생, 기진맥진한 아주머니. 모두가 팬티 바람인 여자 주위를 바쁘게 지나갔다. 다들 서로 모르는 사이일 텐데도 '이 사람과 엮이면 안 돼'라는 일심 단결의 텔레파시를 뿜어내고 있었다.

자전거부터 해결해야 할지, 아니면 팬티 바람으로 가만히 서 있는 지금의 상태부터 해결해야 할지 순간 머리가 복잡했다. 물론 두 상황을 동시에 풀어나가야 했지만 내 뇌의 처리 속도가 따라가지 못했다. 뒷바퀴에 끼지 않은 치마 부분을 허리까지 올려보려 애썼으나 내 팬티는 가려지지 않았다. 자전거를 최대한 앞뒤로 움직여봐도 상황이 개선될 여지는 보이지 않았고, 조금이라도 움직이려 할수록 치마가 더욱 말려들어가는 느낌이었다.

이날 입었던 팬티는 5년 전에 근처 슈퍼마켓에서 산 상당히 허름한 녀석으로, 크림색이었으며 실밥도 군데군데 풀려 있었다. 이런 공공장소에서 팬티 바람이 될 줄 알았다면 좀 더 비싼 새 팬티를 입는 거였는데. 그런 이상한 후회도 내 머릿속을 스쳐 지나갔다.

그러면서도 일단 자전거를 앞뒤로 움직여봤다. 그밖에 달리 좋은 해결 방법이 생각나지 않았기 때문이다. 팬티 바람의 여자는 필사적으로 자전거를 움직이려 했다.

그때였다. "괜찮으세요?"라는 목소리가 들렸다. 내 작은 불행을 그냥 지나칠 수 없었던 한 청년이 용기를 내어 내게 말을 걸어준 것이다. 하지만 그때 내 입에서 용수철처럼 튀어나온 대답은 "괜찮습니다"였다. 괜찮을 리가 없다. 이렇게 팬티 바람으로 움직이지도 못하는 상황인데 뭐가 괜찮겠는가? 사실 그 어떤 것으로도, 어떤 말로도 내가 팬티 바람으로 서 있다는 수치심을 이겨낼 수는 없었다.

우리는 누군가가 "괜찮으세요?"라고 물으면 진심이 어떻든 자기도 모르게 "괜찮아요"라고 답하는 습관이 있다. 그래서 상대방이 분명히 안 괜찮은 상황일 때는 "안 괜찮으시죠?"라고 물어야 한다는 이야기를 어디선가 들은 적이 있다. 그러니 앞으로 혹시 치마가 자전거 뒷바퀴에 끼어서 초라한 팬티 바람으로 서 있는 여자를 보게 되면 "안 괜찮으시죠?"라고 묻도록 하자.

"정말로, 정말로 괜찮거든요"라고 말하는 팬티 바람의 여자를 뒤로 한 채 청년은 떠나갔다. 하지만 나는 그냥 포기할 수 없었다. 이 상황을 타개하지 않으면 집으로 돌아갈 수 없으니 말이다. 치마를 잡아당기며 자전거를 움직인 지 10분이 지났을 무렵, 나는 어찌어찌 치맛자락을 구출하는 데 성공하여 부끄러운 모습에서 벗어날 수 있었다.

팬티 바람이 됐을 때는 정말 '죽고 싶은' 기분이었다. 그곳에서 빨리 도망치고 싶었지만 가장 짧고 간단하게 내 마음을 표현할 수 있는 말은 '죽고 싶어'라는 네 글자였다. '죽고 싶은' 감정을 넘어서면 사람은 모든 것에 초연해진다. 팬티 바람인 것에 대한 저항감도 사라지고 말이다. 내가 원래부터 팬티 바람으로 다녔던 게 아닐까 싶을 만큼 자연스럽게 느껴지는 것이다.

앞으로도 쓸데없는 이야기를 했을 때처럼, 부끄러운 일을 당했을 때처럼 나는 계속해서 여러 번 죽고 싶어지는 순간을 직면하고 고민하고 괴로워할 것이다. 하지만 남들 앞에서 팬티 바람이 되어버렸던 일이 지금은 농담거리가 됐다. 이미 지나간 일은 대부분 잊히거나 농담거리로 승화되는 법이다. 그날 나를 피하듯 지나갔던 행인들도, 도와주려 말을 건넸던 청년도 분명 나를 까맣게 잊어버렸을 것이다.

작은 일에도 문득 '죽고 싶다'고 생각한다. 물론 이건 진심도 아니고 말도 안 되게 가벼운 찰나의 심정이다. 하지만 그때마다 팬티 바람이 됐던 그날의 일을 떠올린다. 그 경험에서 나는 죽고 싶은 순간은 지나치면 그만이라는 깨달음을 얻었다. 그리고 그때의 나 덕분에 피식피식 웃곤 한다.

책임은 스스로 지는 것이다

정신을 차리고 보니 강간을 당하기 직전이었다. 아찔한 순간은 두 번이나 있었다.

첫 번째는 내가 네팔의 카트만두에 도착한 날이었는데 의식이 돌아오고 보니 침대 위에서 누군가가 내 팬티에 손을 넣고 있었다. 거리를 산책하다가 폴란드 남자가 내게 먼저 말을 걸어와 함께 맥주를 마셨던 것까지는 기억이 났다. 그때는 한 병밖에 안 마셨는데도 취기가 올라왔다. 피곤해서 그런가 싶어 오늘은 빨리 숙소로 돌아가 자야겠다고 생각했었다.

그랬는데 어느새 내가 낯선 방의 침대 위에 누워 있는 것이었다. 폴란드인의 손은 내 엉덩이를 만지고 있었다. 이미 일이 벌어진 건가? 아니, 옷은 입고 있었다. 겨울로 접어든 네팔은 꽤 추웠다. 그날 나는 두꺼운 내의와 파카에 두꺼운 점퍼, 치노 바지라는 조금도 섹시하지 않은 차림을 하고 있었다. 벗기기 힘들뿐더러 입히기도 어려운 복장이었으니 우려하는 상황까지는 이르지 않았다.

하지만 몸이 말을 듣지 않았다. 머리도 상당히 아팠다. 기억이 끊긴 것을 보면 술에 약 같은 것을 넣은 것 같았다. 시간이 지나도 그 폴란드 남자는 내 엉덩이만 만졌고, 앞쪽이나 가슴 쪽으로 옮겨가지도 않았다. 열렬한 엉덩이 페티시가 있는 것 같았다. 아니, 확실했다. 내 엉덩이가 큰 편이라 만지고 싶어져서 술에 약을 타고 자신의 숙소로 데려온 모양이었다.

그런 생각을 멍하니 하고 있을 만큼 내 머릿속은 냉정했지만, 그럼에도 몸은 도무지 움직여지지 않았다. 얼마나 냉정했냐면, 한편으론 감동스럽기까지 했다. 이 사람의 눈에는 지금 내 꼴이 여자로 보인다는 이야기였으니까. 어디서 뭘 하고 사는지도 모르는 동양의 여자를 눕혀놓으면 좋은 것이었다! 누구라도 좋다면 나 말고도 얼마든지 있을 텐데 하필이면 이런 못난이를 고르다니 당신도 참 어지간히 바보군, 하고 생각했다.

이제 어떻게 해야 하지? 배가 고프네. 빨리 돌아가고 싶어. 이 녀석하고는 하기 싫은데. 그건 그렇고 이 사람은 대체 누구지? 그런 다양한 생각이 머릿속을 맴돌았다. 머릿속은 냉정했지만 역시나 몸을 움직이는 건 불가능했다. 그리고 폴란드인의 손은 여전히 내 엉덩이를 만지는 중이었다.

몇 분이 지나자 나는 믿겨지지 않을 만큼의 구토감을 느꼈다. 뒤늦게 몸이 거부 반응을 일으켰을 수도 있고 본능적으로 위기감을 느꼈던 건지도 모른다. 토하고 싶은 일념이 내 몸을 움직였고 나는 그대로 몸을 일으켜 화장실로 달려갔다. '안 돼, 당장 토할 것 같아.' 그렇게 생각한 순간 나는 화장실 바닥에 모든 것을 토해냈다. 머리가 아팠다. 땅이 일그러지는 것 같기도, 배 위에서처럼 흔들리는 것 같기도 했다.

새하얀 화장실 바닥에 쏟아진 토사물. 모든 것을 게워 내자, 부끄러워지기 시작했다. 바보가 따로 없었다. 방금 전까지 강간을 당할 뻔했는데 지금은 필사적으로 토사물을 치우고 있었다. 화장실 안은 토사물 특유의 시큼한 냄새로 가득했다. 타일 틈에 낀 액체가 좀처럼 닦이지 않았다. 몇 번이고 반복해서 닦아내는 사이 화장지가 바닥나고 말았다.

화장실을 치울 때가 아니었다. 도망쳐야겠다고 생각했다. 강간당할 뻔한 상황으로부터, 그리고 토사물로 범벅된 화장실로부터.

그 뒤로는 어떻게 했는지 기억나지 않는다. 정신을 차리고 보니 나는 내 숙소로 돌아와 있었고, 그대로 침대에 누웠다. 어떻게 밖으로 나왔는지, 그 뒤에 폴란드 남자가 화장실 문을 열고 어떤 생각을 했는지 나는 모른다. 정말 엉덩이 페티시가 있었던 건지, 결국에는 강간할 생각이었던 건지 알 수 없었다. 하지만 정말 가슴이 철렁한 일이었다.

두 번째는 이랬다. 그때도 정신이 들고 보니 당시 알고 지내던 M군이 내 가슴을 주무르고 있었다. 야한 조명과 눈앞의 호화로운 거울 덕에 그곳이 모텔이라는 걸 알 수 있었다. 그리고 몸에는 거의 아무것도 걸쳐져 있지 않았다. 거울에 비친 나와 눈이 마주쳤다. 섹스를 할 때마저 내 얼굴을 봐야 한다고 생각하니 정신이 번쩍 들었다.

순간 머릿속이 점점 냉철해졌고, 그제야 말도 안 되는 일이 벌어지고 있다는 사실을 깨달았다. 차츰 죄악감도 엄습해왔다. 우리는 분명 저렴한 술집에서 함께 술을 마셨고 후반부로 갈수록 점점 강한 술을 들이켰다. 거기까지는 기억하고 있었다. 나는 강한 술을 단숨에 마시면 바로 필름이 끊긴다. 대부분은 그대로 잠들어버리지만 꼭 한 번씩 엄청난 일을 저지를 때가 있었는데, 분명 그날도 그런 날이었다. 술을 너무 많이 마신 탓에 거기까지 어떻게 갔는지도 기억나지 않았다.

혹시 나는 M군을 좋아하면서도 내 마음을 모르고 있었던 걸까? 아니, 아니, 그건 아니었다. 군이 이성으로서 생각하자면 오히려 싫어하는 쪽에 가까웠다.

M군은 평소 나를 깔아뭉개면서 사람들을 웃기려 했고, 내가 그걸 알면서도 그냥 웃어넘기니 내게도 먹힌다고 생각했던 것 같다. 그는 내게 "네 성별이 여자라는 게 안 믿겨"라든지 "아마 너가 눈앞에서 알몸으로 있어도 안 당길걸" 혹은 "남자로밖에 안 보여" 같은 말들을 아무렇지 않게 하곤 했다. 그때마다 내가 실없이 웃으며 한 마디도 되받아치지 않았기 때문에 내심 나를 무시해왔는지도 모른다. 그런 내 태도에 그는 우리가 여남관계로 발전할 가능성이 전혀 없다는 점에 안도하면서 다른 여자에게는 절대 못할 말들을 내게 쏟아내며 우월감 같은 것을 느꼈을 것이다.

그러던 사람이 내 몸을 원하고 있었다. 그때 나는 갑자기 '이겼다'는 생각이 들었다. 내 여성적인 부분에 전혀 관심을 보이지 않고 줄곧 무시해온 M군이 내 가슴을 주무르고 있었다. 결국 그는 추한 성욕을 드러냈고, 그의 그런 밑바닥을 보자 나는 묘한 승리감을 느낀 것이다.

그와 동시에 내 마음은 싸늘하게 식었다. 오히려 혐오감만이 심해질 뿐이었다. 이대로 그와 밤을 보낼 수 없었다. 추한 그를 더 이상 보고 싶지도, 기억하고 싶지도 않았다. 내 여성성과 자존심에 흠집을 낸 사람이 내 몸에까지 흠집을 내려 한다고 생각하자 모든 것이 끝나버린 느낌이 들었다.

"뭐 하는 거야. 돌아갈래."

나는 그 말을 남기고 급하게 도망쳤다. 의식이 돌아온 지 몇 분 만에 바닥에 떨어진 옷가지며 속옷, 소지품을 전부 주워 든 채로. 그때 입었던 속옷은 반년 전쯤 슈퍼마켓에서 산 것이라 이미 잔뜩 낡아 있었고, '이제 슬슬 버려야겠네'라고 생각하던 참이었다. 그래, 나는 M군을 요만큼도 좋아하지 않았다. 내게 그는 이 싸구려 속옷보다도 못한 존재였다.

막차 시간은 이미 지난 지 오래였고, 나는 네온사인이 휘황찬란한 모텔 거리에서 도망 중이었다. 나는 지금 뭘 하고 있는 걸까? M군이 만진 부위에서 뭔가 독 같은 것이 몸속으로 퍼져나가는 것 같았다. 눈물이 났다. 나 자신이 한심했던 걸까? 뭐가 슬펐던 걸까? 나도 내가 왜 우는지 알 수 없었다. 그 길로 24시간 영업하는 만화방에 들어가서 아침까지 있다가 집에 돌아왔다.

그 뒤로 나는 M군과 딱 한 번 연락을 주고받았을 뿐 더 이상 만나지 않았다. 만나고 싶지도 않았고, 왜 그런 일이 벌어진 건지 알고 싶지도 않았다. 내가 술을 많이 마시면 필름이 끊긴다는 걸 M군도 잘 알고 있었다. 만약 추궁한다 해도 그는 분명 전부 내 탓으로 돌릴 것이 뻔했다.

바람 혹은 불륜을 저지르거나 하룻밤만의 관계를 가지는 사람들은 하나같이 '술에 취해서'라는 이유를 댄다. 나는 지금까지 그런 사람들을 경멸해왔다. 당연히 나와는 상관없는 이야기고 설마 내가 '술에 취해서'라고 말할 만한 상황에 빠질 거라곤 상상조차 못 했다. 하지만 이제 나는 그 사람들을 비웃을 수 없다. 술에 취해 머릿속의 뭔가가 고장 나자 상상도 못 한 상황에 스스로 뛰어들었으니 말이다.

정신을 차리고 보니 편의점 앞에서 자고 있었던 기억, 후지 록 페스티벌 마지막 날에 사우나처럼 더운 임시 화장실 안에서 토사물 범벅인 상태로 눈을 떴던 기억, 사람들에게 실례되는 말을 퍼붓거나 물건을 던졌던 기억까지. 누군가 술에 취해서 했던 실수를 아무리 털어놓아도 나는 절대 웃을 수 없다. 앞서 이야기한 내 몸에 위협이 가해진 두 사건도 절대 농담거리로 넘길 일이 아니다. 이제 자립해나가기 위해서는 내 정신만큼이나 내 몸도 스스로 굳건하게 지켜야 할 것이다.

한 걸음 다가서는 용기

정신이 들고 보니 우리는 손을 잡고 있었다. 어쩌다가 이렇게 된 거였더라?

생각이 안 난다. 분명 우리는 대낮부터 쭉 술을 마셨고 둘 다 많이 취해 있었다. 그날의 기억은 거의 없는 거나 마찬가지였다.

누가 먼저 잡은 거지? 내가 이 사람을 좋아했던가? 어, 정말? 그랬던 거야? 지금까지 무슨 감정으로 이 사람을 만났던 거지? 다양한 생각이 머릿속을 스치는 동안에도 두 사람의 손가락은 뒤얽히고 있었다. 남자와, 그것도 전혀 예상하지 못한 사람과 손을 잡은 게 얼마 만이었더라? 마지막으로 손을 잡았던 게 누구였지? 생각나지 않는다. 술 때문은 아니다. 너무 오래돼서 그렇다.

게다가 우리는 친구의 라이브 공연을 보며 손을 잡고 있었다. 그날은 친구가 기획한 라이브 공연이 있었고 그걸 보러 가기 전에 한잔 마시기로 한 것이었다. 무대 위에서는 친구가 진지하게 연주 중이었다. 미, 미안해, 친구야. 어쩌다 보니 내가 남자와 이러고 있네……!

그 상황에는 조용한 사랑 노래나 밝고 경쾌한 클럽 음악이 어울렸다. 친구가 속한 밴드는 보컬이 없는 격렬한 록 사운드를 추구했고 로맨스 같은 분위기와는 거리가 멀었다. 대체 나는 지금 뭘 하고 있는 거냐고 스스로에게 물어보고 싶었다.

그렇다. 먼저 내 마음을 정리해보는 게 좋을 것 같았다. 가능한 한 정직하게. 거짓말하지 않고.

'또 하나의 나 자신아, 들리니? 나는 이 남자를 정말 좋아하는 거야?'

'응, 무척 좋아하는 것 같아. 친구로.'

'뭐, 그렇긴 하지. 같이 술을 마실 정도니까. 그러면 연애 대상으로는 어떻게 생각하는데?'

……대답이 없다. 그렇다, 그랬던 것이다. 연애 대상으로 생각해보니 좋아하는지가 확실치 않았다.

아니, 좋은 사람이긴 하지. 재미도 있고. 친구들이나 지인들도 많은 데다 어디에서든 화제의 중심에 있는 사람이잖아. 애초에 인기도 없는 내게 구원의 손을 내밀어준 것만 봐도 당연히 좋은 사람이지. 좋아하게 되면 분명히 즐거울 거야! 완전히 해피엔딩이네! 사랑을 향해 힘껏 달려가보자! 그렇게 생각을 해봤지만 좀처럼 흥이 나지 않았다. 가슴이 설레지도 않았고 로맨틱한 달콤함도 없었다.

앞으로의 미래나 그가 나를 어떻게 생각하는지에 대한 고민도 의미가 없는 것 같기에 거기서 생각을 중단했다. 뭐, 나나 그나 기분파인 사람이니 술기운 때문에 그랬던 거겠지. 충돌 사고 같은 거라고 생각하면 돼. 그래, 여기까지인 것 같아. 잘 있어, 또 하나의 나야…….

나는 이런 식의 사고방식으로 지금에 이르렀다.

내 친구 중에는 만나는 남자마다 전부 연애 관계로 발전하는 애가 있다. 그 친구와 나는 연애에 대한 사고방식이 정반대였다. 나는 모든 남자와 훌륭하게 친구가 되어버리고, 친해지는 속도는 누구도 따라올 수 없을 정도다. 술만 있으면 누구와도 친해질 수 있다. 그 친구와는 연애에 대한 것뿐만 아니라 남자나 자의식, 자기 평가에 대한 사고방식도 신기할 만큼 완전히 달랐다.

서로를 멸종 위기 생물처럼 신기하게 생각해서인지 우리는 자주 술을 마시거나 식사를 한다. 그때마다 의견은 항상 달랐다. 지금까지 서로의 공통점을 발견한 적이 한 번도 없다. 그리고 그 친구는 매번 내게 "빨리 남자랑 일을 저질러야 할 텐데!"라고 말하곤 했다.

"최근엔 남자하고 뭐 없었어?"라고 내게 물어보길래 친구가 좋아하는 주제인 만큼 이번 사건의 경위를 아주 자세하게 설명했다.

"그래서? 그 뒤에는? 키스했어?"

"아니, 아니, 그런 건 없었지. 일요일이었거든. 그냥 집에 갔지."

친구는 "어? 왜? 그건 상대방도 너한테 분명히 마음이 있다는 건데! 다음 단계로 가지 않고 뭐 하는 거야"라며 나를 혼냈다. 그러고는 "일단 사귀어보면 좋아질지도 모르는 건데……. 다음에 만나면 '그때 왜 내 손 잡은 거야?'라고 물어봐봐"라고 했다.

그 말에 내가 아무 대답을 못하자 "왜? 그것도 못하겠어?

그러면 '나 좋아해?'라고 물어봐. 그건 쉽지?"란다. 아니, 아니, 무슨 소리야. 그게 어떻게 쉬울 수 있니?

그 친구를 보면 내가 왜 연애를 못하는지 잘 알 것 같다. 나는 남자 사람 친구들을 연애 대상으로 보는 경우도 없을뿐더러 상대방을 감정적으로 밀어붙이는 박력 같은 것이 부족하다. 아니, 부끄럽게 그런 말을 어떻게 해. 남자한테 "나 좋아해?"라고 물어보라고? 나는 절대 못 한다. 아마 술에 잔뜩 취해도 못 할 것이다.

연애 베테랑인 이 친구의 말에 따르면 자신감 없는 미인보다 자신감 넘치는 못난이가 더 인기가 많다고 한다. 나는 외모 수준은 둘째치고 자신감이 부족해서 연애를 못하는 걸까? 아니면 연애를 못해서 자신감이 부족한 걸까? 조금이라도 연애 비슷한 일을 하면 자신감이 생겨서 뭔가가 바뀔까?

나는 누군가가 나를 좋아해줄 거란 자신감이 없다. 덧붙이자면 연애하는 내 모습을 상상만 해도 왠지 모르게 부끄럽게 느껴지고, 어쩐지 관계를 발전시켜나갈 수 없을 것 같다는 두려움이 든다. 그렇다면 처음부터 기대하지 않는 편이 낫다. 연애 감정 때문에 그 사람과의 관계가 무너질 바에는 차라리 처음부터 친구로만 지내는 편이 좋다고 여기는 것이다. 그래서 내가 만나는 모든 남자와 친구가 되어버린다.

주위의 친구들이 동거나 결혼, 출산을 거치며 인생의 다음 단계로 넘어가는 와중에 나는 여전히 혼자서 첫 단계에 가로막혀 멸종 위기 생물이 되어가고 있다. 나도 한 번쯤은 누군가를 진지하게 알아가며 연애를 했어야 하는데 아무리 시간이 지나도 똑같은 곳에 머물러 있을 뿐이다.

주변 사람들이 "남자 친구 만들 생각 없지?"라고 물을 때마다 "아니, 그렇지 않은데……"라고 일단 부정하고는 있다. 하지만 이렇게 계속 먼저 적극적으로 행동하지도 않고 콤플렉스를 숨기지도 못한 채 그저 두려워만 한다면 아마 나는 조금도 앞으로 나아가지 못하고 계속 이곳에 머물게 될 것이다. 변화는 그 누구도 만들어주지 않는다. 내가 만드는 것이지. 그러니 이젠 실행을 해야겠다.

누군가에게 어떤 사람이 된다는 것

“오늘은 네 번째 결혼기념일이었습니다. 세 달 뒤에는 또 한 아이가 태어날 예정입니다.”

내 시야에 들어온 작은 화면에는 이런 글이 표시되었다. 벌써 4년이나 지났나 싶은 반면 아직 4년밖에 안 지났나 싶기도 하다.

페이스북에서만 알 수 있는 그녀의 근황은 언제나 아기와 남편에 대한 이야기로 가득하다. 프로필 사진에서도 그녀는 아이를 안고 행복하게 웃고 있다.

그녀가 페이스북에 올리는 사진을 보면 4년보다 훨씬 오래 전부터 지금의 가족과 살고 있는 것처럼 보이기도 한다. 나와 함께 보낸 시간 따윈 이미 까맣게 잊어버리고 없었던 일이 된 것만 같다.

그녀가 도쿄를 떠난 날부터 우리는 서로 연락을 하지 않게 됐다. 앞으로도 연락할 일은 없을 듯하고, 만나게 될 것 같지도 않다. 그리고 서로가 자신의 생활에 열중하는 사이에 점점 더 잊혀갈 것이다. 시간만이 흘러갈 뿐이겠지.

사실 그녀에 대한 내 감정은 조금 꼬여 있다. 그녀는 촌스러운 사람이었다. 별다른 이유 없이 시골에서 도쿄로 상경해 지내다가 갑자기 도쿄를 떠나 시골로 가버릴 만큼.

촌스러운 그녀는 고향으로 돌아가 가정을 꾸렸고, 아이를 키우고 있으며, 그대로 나이를 먹다가 태어난 곳에서 죽어갈 것이다. 정말 그걸로 만족하는 거냐고 묻고 싶어질 때가 가끔 있다.

도시의 즐거움이나 편리함, 더러움을 한 번 알아버린 사람은 과거의 자신이 싫다고 뛰쳐나온 곳으로 다시 돌아가 만족스럽게 생활할 수 없다. 페이스북에 드러내는 그녀의 삶을 보면 판에 박힌 행복에 충실하게 살아가는 모습을 어필하면서 자기가 택한 길이 옳았다는 확신을 얻으려는 것일 뿐이라는 생각이 든다. 그렇게라도 하지 않으면 불안해지기 때문인 것 같다.

신주쿠에서 막차를 놓치는 바람에 어느 지저분한 술집에

서 날이 샐 때까지 그녀와 술을 마셨던 적이 있다. 그녀가 좋아하던 밴드 멤버에게 차여서 시모키타자와에 있는 이탈리안 레스토랑에서 몇 시간이나 대화를 하기도 했다. 어느 날은 갑자기 불러내서 무작정 중앙선 종착역에 있는 라멘집에 가자고 한 적도 있었다.

그녀와의 추억은 그것 말고도 잔뜩이었고 대부분은 바깥이 어두워진 시간대의 것들이었다. 우리는 꼭 해가 질 무렵에 만났다가 해가 뜰 때 헤어지곤 했다. 지금 생각해보면 젊었을 때라 가능한 일이었다.

그녀가 도쿄를 떠나고 얼마 뒤에 봄이 왔고, 나는 취업할 곳을 찾지 못한 채 대학을 졸업했다. 이후로 나는 그녀와 함께 했던 바보 같은 짓들을 단 한 번도 하지 않았다. 내 안에서 불타던 젊음의 조각도 도쿄를 떠난 그녀와 함께 멀리 사라져버린 듯한 기분이 들었다.

그녀는 갑작스레 도쿄에서 멀리 떨어진 고향으로 돌아갔다. 아무 말도 없이, 마치 야반도주를 하는 것처럼.

조짐은 있었다. 통화를 할 때 고향에 계신 부모님이 돌아오라고 하신다는 이야기를 한 적이 있었다. 당시 어느 인기 없는 밴드의 스태프 일을 하고 있던 그녀는 돈이 없다는 말을 입에 달고 살았다. 콜센터 아르바이트로도 생활을 유지하기 힘들어져서 걸스 바(남자 고객을 타깃으로 여자 바텐더만 고용하는 바_옮긴이)나 메일 레이디(남자와 이메일로 대화를 나누는 아르바이트_옮긴이) 같은 아슬아슬한 일을 시작했었다. 당연히 그녀는 자신의 젊음과 성별을 소모하면서까지 도쿄에 남아 있을 이유가 없다고 생각했을 것이다.

분명한 목표나 꿈을 가진 사람에게 도쿄는 생활하기 편하고 무엇이든 갖춰진 도시다. 하지만 시골이 싫어 무작정 뛰쳐나온 사람이 이곳에서 뿌리내릴 장소를 찾아내기는 힘들었을지도 모른다.

그녀의 안식처는 라이브하우스였지만 그곳에서 스태프는 조연에 불과했다. 그녀를 대신할 사람은 얼마든지 있었고, 반드시 그녀여야 하는 이유는 그리 많지 않았다. 뿐만 아니라 연애도 잘 안 풀리는 것 같았다. 그때 도쿄라는 대도시에서 그녀를 진정 필요로 하는 곳은 어디에도 없었다. 그녀가 가장 고민하던 시기에 힘이 되어주지 못한 나를 포함해서 말이다.

무엇이든 갖춰진 곳답게 그녀를 대신할 사람이 얼마든지 있는 도쿄와 아무것도 없지만 자신을 기다려주는 사람들이 있는 고향. 그 두 가지를 비교한 순간 처음 도쿄로 나왔을 때의 신선함 따위는 맥없이 꺾였고, 그녀는 그런 복잡한 이유들로 도쿄를 훌쩍 떠난 건지도 모른다.

그녀가 도쿄를 떠나고 얼마 뒤에 딱 한 번 함께 식사를 할 기회가 있었다. 예전처럼 밤에 바보 같은 짓을 하는 대신 한낮에 점심을 먹으며 이야기를 나누자는 것이었다.

내 눈앞에 나타난 그녀는 연한 하늘색 카디건과 조금 높은 굽의 힐, 팔에는 핸드백을 든 차림이었다. 목이 너덜너덜해진 밴드 티셔츠를 입고 다 떨어진 컨버스를 신고 다니던 그녀의 모습은 온데간데없었다.

양은 별로 많지 않지만 분위기 하나로 1,500엔이나 받는 파스타를 먹으면서 우리는 서로의 근황을 보고했다. 지금 무슨 일을 하고 있으며 어떤 변화가 있었는지, 도쿄의 다른 친구들은 잘 지내고 있는지에 대한 이야기였다. 우리가 만난 레스토랑은 상당히 세련된 분위기였고 다른 테이블에서는 젊은 커플이나 직장인 여성들이 우아하게 대화를 나누고 있었다. 가게 분위기에 어울리지 않는 이야기를 나누는 건 우리뿐인 것 같았다.

고향으로 돌아간 그녀는 그곳에서 일을 구해 어떻게든 잘 생활하고 있는 모양이었다. 일정치 않게 찾아오는 휴일이 되면 성격도 취미도 전혀 다르지만 이상하게 죽이 잘 맞는 고등학교 동창과 아웃렛에 쇼핑을 하러 가거나 점심을 먹으러 간다고 했다. 들고 있는 명품 가방과 지갑도 고향에 돌아간 뒤로 돈을 모아 산 것 같았다.

식사가 끝나자 그녀는 커피를 마시며 담배를 피웠고 담배 냄새가 유난히 코를 찔렀다. 둘 다 다음 일정이 있어 그만 자리에서 일어나려는 분위기가 되자 그녀는 한 통의 편지를 주었다. "집에 가면 읽어봐"라는 말과 함께 그녀는 편지를 테이블 위로 미끄러뜨리듯 내밀었다. 그녀에게 편지를 받는 건 처음이었다. '요즘 시대에 웬 편지'라는 생각도 들었고 어쩐지 쑥스럽기도 했다. 그녀의 필체로 적힌 내 이름을 보는 것도 처음이었고, 성격에 어울리지 않는 동글동글한 글씨체라는 것도 처음 알았다.

하지만 왠지 읽기가 꺼려져 편지를 한동안 서랍에 넣어뒀다. 누군가에게서 받은 편지를 읽는다는 게 부끄러웠고 무슨 내용이 쓰였는지 짐작도 되지 않았다. 그 후에 편지를 읽게 된 계기도 특별하지 않았다. 아마 한가했거나 밤에 잠이 안 와서 열어봤던 것 같다.

그녀가 준 편지에는 도쿄를 떠나게 돼서 아쉽다는 내용과 함께 나에 대한 이야기가 적혀 있었다. 그녀는 도쿄에 안식처도 많고 좋아하는 것들도 많았던 내가 부러웠다고 한다. 그녀에게는 좋아하는 것도, 열중할 수 있는 일도 많지 않았기 때문에 좋아하는 마음만으로 행동할 수 있는 힘은 분명한 장점이며 자신감을 가져도 된다고 적혀 있었다. 그녀는 그런 것들이 부족하기 때문에 고향으로 돌아갔다는 내용도 있었다.

분명 내가 좋아하는 것들과 열중할 수 있는 일이 남들보다 많아 보였을 수 있다. 하지만 그것이 장점이 될 수 있다는 생각은 한 번도 해본 적이 없었다.

나는 요코하마에 있는 본가에서 대학을 다녔고 한 시간 동안 지하철을 타면 도쿄에 갈 수 있었다. 목표가 있어서 아르바이트를 하며 여러 곳에 얼굴을 내밀었고 다양한 사람들과 함께 시간을 보내긴 했지만 뿌리내릴 장소 같은 걸 당시에는 생각해본 적이 없었다. 요코하마에서 가족과 함께 지내고 있었기 때문이었는지 안식처에 대해 불안해하거나 깊이 고민한 적 역시 없었다. 당연하게만 여겼던 내 도쿄에서의 일상이 그녀에게는 당연하지 않았던 것이다. 함께 어울리고 무모한 짓을 수없이 하면서 진심으로 즐거워한 사람은 나뿐이었는지도 모른다.

나는 도쿄 근교에 살면서 고등학생 시절부터 자주 도쿄에 갔고 도쿄에 있는 대학을 다녔다. 그런 나로서는 도쿄에 대한 동경심도, 그녀가 도쿄에 온 이유도, 그리고 어쩔 수 없이 도쿄를 떠날 때의 분한 마음까지도 완벽히 이해할 수는 없다.

이제는 만날 일도 없을 것이다. 하지만 이따금씩 지금보다 어렸을 때를 떠올리면 그녀와 함께했던 바보 같은 시간들이 가장 먼저 떠오른다. 그리고 그녀의 페이스북에 근황이 올라올 때마다 그 시절 왜 난 그녀에게 안식처 같은 존재가 되어주지 못했을까 하는 미안함과 함께 괜시리 그녀에게 화가 난다. 누군가에게 어떤 사람이 된다는 것, 그녀는 그 의미를 곱씹게 만드는 사람이다.

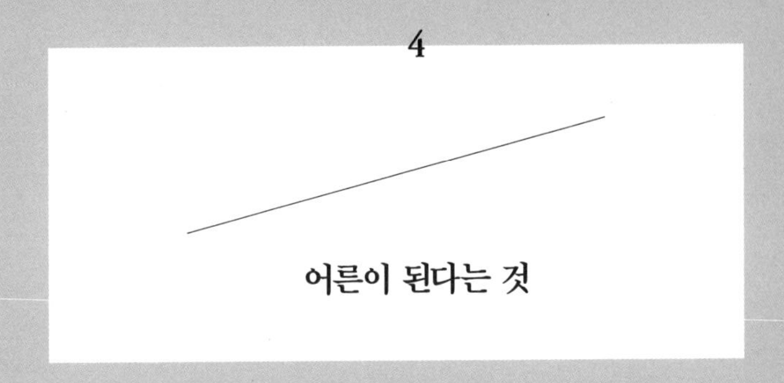

4

어른이 된다는 것

악덕 기업에서 벗어나는 방법

수없이 많은 이력서를 써봤지만 서류 심사에 통과하는 경우는 거의 없었다. 면접을 봐도 마찬가지였고.

매년 구직 활동에 실패해 자살하는 사람의 이야기가 뉴스에 나올 때마다 남의 일처럼 느껴졌고 '일을 못 구한다고 죽을 것까지는 없을 텐데'라고 생각했다. 하지만 실제로 구직 활동을 시작하자 나 역시 마음먹은 대로 상황이 진척되지 않았다. 그야말로 사회 전체가 나를 부정하는 것만 같았다. 내겐 일할 자격도 없고 이대로 직장도 못 구한 채 굶어 죽을 거라는 망상이 끊이질 않았다.

어쩌다 면접이라도 볼 때면 너무 긴장한 탓에 생각한 대로 말이 잘 나오지 않았다. 아무것도 되는 일이 없으니 죽고 싶다는 생각밖에 들지 않았던 건 그때부터였다. 망상 속의 나는 더욱 암울해진 인생을 살다가 결국에는 빌딩 옥상에서 뛰어내리거나 목을 매서 죽곤 했다.

다행히 그런 망상이 현실이 되진 않았지만 구직 활동이 잘 안 되다 보면 온 세상이 내 존재를 부정하는 듯한 기분이다. 정형화된 내용의 싸늘한 불합격 통보를 볼 때마다 식도 끝에 무거운 추가 매달려 있는 것 같은 느낌이 들었다. 대체 뭐가 문제인지 고민해봐도 명확한 답을 찾지 못했다. 그저 내 모든 것이 잘못된 것만 같았다.

아무리 해도 소용없다는 생각이 들 무렵 간신히 나를 고용해준 것이 그 회사였다. 무척 작은 회사였는데 첫 출근날 안내를 받을 때부터 마치 군대처럼 어딜 가든 "수고하셨습니다"라고 우렁차게 외치는 소리가 들렸다. 면접을 볼 때도 갑자기 사장이 나오더니 나에 대한 질문은 하지 않고 회사나 본인의 이야기를 한 시간 반 동안 장황하게 늘어놨다. 그러곤 "밤늦게까지 일할 때가 많으니 사물함에 속옷을 갖다두게"라는 것이다. 그 말에 나는 "체력에는 자신 있으니 괜찮습니다! 열심히 하겠습니다!"라고 대답했다. 그때는 절박했기에 문제가 있는 말이라고는 생각도 못 했다.

지금 생각해보면 이상한 일투성이였다. 합격 통보를 받은 시점에서 물러나야 했는지도 모른다. 입사하기 전에도 이건 뭔가 좀 아닌 것 같다는 불안감이 뇌리에 스쳤지만 그때의 나는 여기가 아니면 안 된다고만 생각했다.

대학을 졸업한 뒤 제대로 취업도 하지 않고 약 1년 동안을 마음대로 살지 않았던가. 조금 긴 유예 기간을 끝낸 내겐 힘든 일자리밖에 남아 있지 않은게 당연하다고 생각했다. 이렇다 할 자격증도 없고 특별한 능력도 없는 주제에 마음껏 놀고 다녔던 내게 딱 어울리는 곳이라고 생각했던 것이다.

모두가 외면하던 쓸모없는 나를 유일하게 채용해준 회사였다. 그러니 열심히 일해서 보답해야겠다는 게 그때의 내 마음이었다. 죽고 싶다고까지 생각했던 나였으니 그런 생각을 하는 건 무리도 아니었다. 미친 듯이 일하고 빨리 배워서 다양한 업무를 소화하고 싶었다.

어렴풋한 위화감이 확신으로 바뀐 것은 출근한 지 사흘째 되는 아침이었다. 조례 때 부장이 직원을 향해 재떨이를 집어 던졌다. 바닥에 떨어진 담배꽁초를 선배 여직원이 익숙한 손

놀림으로 치웠고, 아무 일도 없었던 것처럼 조례는 계속됐다.

내 눈앞에 벌어진 것은 틀림없이 비상식적인 광경이었다. 사람은 비상식적인 상황을 접하면 그 자리에서 움직이는 것이 불가능해진다는 것을 나는 그때 처음 알았다.

나의 아침은 그 회사를 다닌 뒤로 빨라졌다. 아침 해가 떠오르기 시작하는 다섯 시 반에 기상해서 졸린 눈을 비비며 출근해야 했다. 그 회사에서는 업무 시작 전에 사원들이 사무실을 청소해야 하는 규칙이 있었다. 당번이 정해져 있어서 2주마다 청소 구역이 바뀌었다.

때로는 남자 화장실도 청소해야 했다. 그 회사에서는 차 내오기, 빨래, 화장실 청소는 여직원의 담당 업무로 인식되고 있었다. '여자는 나중에 가정에서 일하게 될 테니 집안일을 배워두는 게 좋다'라는 낡아빠진 사고방식 때문이었다.

지금 떠올려보면 모든 게 이상했다. 하지만 당시의 나는 의문을 머릿속에서 애써 지웠고 입밖에 내지도 않았다. 지금 열심히 일하지 않으면 내가 뿌리내릴 곳은 없다고, 여기서 쫓겨나면 굶어 죽을지도 모른다고만 생각했다. '왜 내가 쓰지도 않는 남자 화장실을 청소해야 하지?'라는 의문을 머릿속에서 밀어내면서 변기를 닦았다. 옆을 돌아보니 선배 여직원은 맨

손으로 변기를 닦고 있었다. 몇 년 동안 그 회사를 다니다 보면 다들 이상해지는 것 같았다.

그곳에서는 무보수 야근을 당연시했고 직원들은 매일 막차를 타고 집으로 돌아갔다. 사회의 일원이 되어 일할 수 있다는 것은 멋진 일이며, 그러기 위해 가장 중요한 것은 인간관계라고 배웠다. 그러니 직원들끼리는 항상 협력해야 하고, 자기 업무가 끝난 뒤에도 능력 향상을 위해 다른 직원들을 도와야 했다. 영원히 끝나지 않는 업무가 매일 막차 시간까지 아슬아슬하게 이어졌다.

적은 월급에서 식비라도 아끼려는 마음과 점심시간 정도는 자유롭게 보내고 싶은 마음에 나는 매일 도시락을 쌌다. 그 때문에 "점심시간에 다른 직원들과 소통하는 것도 업무의 일환이니까 모두 함께 식사해야 해"라고 주의를 받기도 했다.

심지어 사장과 다른 부서의 직원들이 한 여직원에게 "넌 엉덩이가 커서 애는 잘 낳겠네", "여자는 결혼해서 애 낳는 게 제일 행복한 거야"라고 말하는 자리에 함께 있었던 적도 있다. 그 여직원은 만면에 미소를 띠었고, 나는 쓴웃음을 지으면서도 '이것이 이 회사의 규칙'이라고 생각했다. 그런 낡아빠진 사고방식에 동의하지 않으면 그곳에서 살아갈 수 없다고도 생각했다.

입사한 지 얼마 되지 않았지만 나는 화장실에 가는 횟수가 점점 많아졌고, 전파도 잘 안 잡히는 변기 위에 앉아 '회사 그만두고 싶을 때', '사직서 쓰는 방법', '원만하게 퇴사하는 방법' 같은 검색어를 입력하는 날들이 늘어났다. 하지만 그때까지만 해도 검색 결과를 보며 나보다 심한 환경에서 일하는 사람들이 어딘가에 존재한다는 것에 안도하고, '괜찮아. 나는 아직 괜찮아'라고 스스로를 타이르며 일을 계속해나갔다. 업무 내용 자체는 내 적성에 맞았고 앞으로도 계속하고 싶었다. 시간이 가는 것도 잊고 일에 몰두할 수 있다는 것이 그나마 유일한 위안이었다.

그 회사에 다니면서 가장 고역이었던 일은 일주일에 한 번 직원 모두가 도시락을 먹으며 사장의 이야기를 듣는 것이었다. 그 자리에는 여덟 명 정도의 전 직원이 모였다. 최근에 입사한 여직원인 내가 정해진 시간에 도시락을 주문하고 직접 가져와야 했다. 나는 조금이라도 회사 밖에 오래 있고 싶어서 일부러 먼 길로 돌아가거나 최대한 천천히 걷곤 했다. '이대로 회사에 돌아가지 않으면 어떻게 될까'라고 생각하기도 했지만,

양손에 도시락을 가득 든 채 어딘가로 도망칠 수도 없는 일이었다.

그 도시락 점심시간의 분위기는 역시나 이상했다. 사장의 이야기를 듣다가 사장에게 질문을 받으면 사장의 의견이 전부 옳다는 식으로 대답해야 했다. 사장이 농담 같은 말을 하면 요란하게 웃고, 그만둔 직원의 험담을 하면 다 함께 열심히 물어뜯었다. “그 직원은 처음부터 글러 먹은 녀석이라 이 회사를 그만둔 거야”, “우리 회사에서 적응 못 할 정도면 어딜 가도 못 버틸걸”, “너희를 대신할 사람은 얼마든지 있어” 같은 이야기를 잠자코 들으며 직원들은 사장의 의견에 전부 동의해야 했다.

그건 마치 종교 같았다. 사장의 말이 정말 옳다고 생각하는 사람이 그중에 몇이나 됐을까? 맛없는 도시락을 먹으며 이따금씩 질문을 받고, 마음에도 없는 대답을 한다. 어떻게 말해야 사장이 좋아할지 대충 알고 있었기에 잘 넘기는 것은 어렵지 않았다.

“남녀 간에는 능력의 차이가 있으니 남자가 바깥일을 하고 여자는 전업주부가 되어 가정을 지키는 것이 가장 이상적이야”, “여자는 어차피 결혼하면 바로 일을 그만둬”, “여자는 팬티나 브래지어만 보여주면 되는 존재거든” 같은 이야기를 들으면서, 나는 결혼해서 아이를 키울 생각도 없고 앞으로 일도 오래할 생각이라고 일일이 반박하고 싶었지만 내 의견을 억누른 채 그 말에 동조했다.

장장 두 시간에 걸친 지옥 같은 세뇌 시간이 끝나고 나면 모임에 대한 감상문까지 제출해야 했다. 문서상으로도 사장에 대한 찬양이 이어졌다.

그 시간은 잠자코 이야기를 들으면서 그냥 고개만 끄덕이고 있으면 됐다. 하지만 매주 그 시간이 올 때마다 위가 욱신욱신 쑤시면서 토할 것만 같았다. '시간이여, 멈춰라'라고 말도 안 되는 기도를 한 적도 있었다. 매일 아침 일찍 출근해 막차로 퇴근하며 힘들게 일하는 건 견딜 수 있지만, 아무리 해도 그 시간만큼은 버티기가 힘들었다.

하지만 당시의 나는 제대로 된 판단을 할 수 없었다. 어쩌면 사장의 말이 맞고 내 생각이 틀릴지도 모른다고도 생각했다. 이제 막 사회 경험을 시작한 내가 노동의 진짜 의미를 이해할 리가 없다고, 회사를 그만두면 갈 곳이 없을 수도 있다고, 무능력한 나를 채용해주는 회사는 그곳뿐이라고까지 생각했다. 당장은 회사를 그만둘 결심이 서지 않았다.

그때부터 일일 업무 보고서를 쓸 때마다 사전에 작성해둔 사직서의 일자를 변경하는 습관이 생겼다. 언제든 그만둘 수 있다고 생각하면서부터 조금은 더 힘을 낼 수 있었던 것 같다. 그 무렵에는 출근하기 전에 반드시 두통이 생겼고 속도 안 좋았다. 언제든 해외로 도망칠 수 있도록 가방 깊은 곳에 숨겨둔 여권을 생각하며 간신히 출근하곤 했다.

특별히 퇴직을 결정하고 실행에 옮기게 된 거창한 계기가 있었던 건 아니다. 그렇게 날마다 버티며 일하는 것이 힘들어졌고 내 상식이 통하지 않는 공간에 있다는 사실 자체를 견딜 수 없게 된 것뿐이었다. '이대로 여기서 계속 일하면 난 망가질 거야. 도망쳐야 해'라고 결심하고 부장에게 퇴직하겠다고 이야기했다. 한계였다. 그곳을 그만두면 어떻게 될지 모른다는 불안감보다 그곳에서 계속 일하는 것에 대한 불신감이 앞선 순간이었다.

부장은 화가 나면 직원들에게 재떨이를 던지는 사람이었다. 고함을 치며 쓰레기통을 발로 차는 일도 흔했다. 나는 가슴을 졸이면서도 화장실에서 열심히 검색해본 내용을 떠올리며 퇴직하겠다는 뜻을 밝혔다. 부장은 "그래? 유감이네. 넌 꽤 열심히 했잖아"라고 순순히 받아들이는 것 같더니 "뭐, 조금만 더 버텨봐!"라고 했다.

굳게 결심했던 마음이 힘없이 무너져내리는 기분이었다. 바로 퇴사할 수 있을 줄 알았는데 이런 회사에 더 있어야 한다고 생각하자 눈물이 날 것 같았다. 한시라도 빨리, 무슨 수를 써서라도 그만두고 싶었다.

결국 그다음 주 토요일에 간이서류로 사직서를 제출했고 부장에게 혼나면서 퇴직할 수 있었다. 정시 퇴근 시각이 되어 회사 문을 나오자 바깥은 아직도 밝았다. 그렇게 이른 시간에 퇴근하는 것은 그때가 처음이었다. 그리고 그길로 편의점에 들어가 맥주를 마시며 집에 돌아갔다. 상쾌한 기분으로 마셨던 그때의 맥주 맛은 영원히 잊지 못할 것이다.

나는 그렇게 해서 별다른 업무 능력도 익히지 못한 채 최악의 회사를 그만두게 됐다. 그때는 나를 채용해줄 회사가 정말 한 곳도 없을 것만 같아 불안할 뿐이었다. 하지만 막상 이직 활동을 시작하자 예상외로 쉽게 다음 직장을 찾을 수 있었다. 내가 하고 싶은 일을 편안한 환경에서 할 수 있는 곳이었다. 그때의 결정은 옳았다. 모든 게 혼란스러워 자신의 판단에 대한 확신조차 없었던 불안한 시기였지만 그때의 용기를 생각하면 스스로 대견하게 느껴질 정도다.

"같은 직장에 2년은 다녀야 해", "잦은 이직은 좋지 않아"라는 말을 듣곤 한다. 하지만 정답이 없다는 게 내 생각이다. 분명한 건 자신에게 맞는 회사가 어딘가에는 존재한다는 사실, 그리고 현재의 회사를 그만둬야 새로운 회사를 찾을 수 있다는 것이다. 만약 아직도 내가 그 회사에 다니면서 사장의 사고방식에 수긍하고 있었다면, 지금쯤 선배 여직원처럼 맨손으로 남자 화장실 변기를 아무렇지 않게 닦고 있을지도 모른다.

여자의 행복

페이스북을 열면 매일같이 결혼, 출산 소식과 함께 행복해 보이는 사진과 축하 댓글이 넘쳐난다. 아마 이때가 인생에서 가장 많은 '좋아요'를 받을 수 있는 순간이 아닐까 싶다.

앞으로도 그 사람은 자신의 페이스북 페이지를 열 때마다 당시의 사진과 축하 댓글을 보며 흐뭇해할 것이다. 결혼과 출산은 취업이나 학교 행사처럼 특정한 날에 몰리는 일이 아니기 때문에 본인이 반드시 주인공이 될 수 있고, 그러니 당연히 SNS에 올리고 싶어질 만도 하다. 인생의 커다란 전환점이기도 하고 호적과 주소도 바뀌는 만큼 최대한 많은 사람들에게 축하받고 싶을 것이다. 잘됐네, 축하해! 최고로 행복해 보여! 나는 그렇게 생각하면서도 절대 '좋아요'를 누르지 않는다.

결혼 적령기에 있는 내 주위에서는 하나둘씩 결혼하는 사람들이 늘고 있다. 저출산 문제가 믿기지 않을 만큼 아이들도 많이 태어난다. 아이를 셋 낳은 동갑 친구는 35년 만기로 구입한 집에 살면서 주말이 되면 가족용 미니밴을 타고 놀러 다닌다. TV에나 나올 법한 전형적인 행복한 가족이다. 굉장하다. 뭐가 굉장한지는 잘 모르겠지만.

그에 반해 나는 생활의 기준이나 시간을 보내는 방식이 고등학생이나 대학생 시절과 조금도 달라지지 않았다. 취미인 라이브 공연 관람이나 해외 여행에 돈을 쓰고 한가할 때는 책이나 영화를 본다. 어른이 되면서 바뀐 점이라면 술을 마시고 담배를 피운다는 것 정도다. 결국 내 생활 패턴은 약 10년 동안 바뀌지 않은 셈이다.

얼마 전까지만 해도 나와 비슷한 친구들과 이탈리안 레스토랑이나 카페에서 '남자한테 인기가 없다', '애인이 생겼으면 좋겠다', '이 드라마에 나오는 배우가 잘생겼다' 같은 이야기를 네 시간동안 떠들어대곤 했다. 하지만 어느새 나 혼자만 인생의 단계를 하나도 통과하지 못하고 있었다. 나와 별 차이 없어 보이던 주변 사람들은 착실하게 어른이 되기 위한 준비를 하고 있었고 느긋하게 대충 살아온 건 나뿐이었다.

하지만 지금도 나 혼자 뒤처졌다는 느낌은 전혀 없다. '어쩌면 내가 뒤처진 건지도 모르겠네'라고 어렴풋이 생각하는 정도지 전혀 초조하지 않다. 아주 가끔 이대로는 안 되겠다 싶을 때도 있지만 조금 지나면 초조함이 썰물처럼 빠져나가며 잊혀진다. 머릿속이 너무 바쁘게 돌아가는 탓에 초조한 감정이 금방 어딘가로 밀려나버리는 것 같다. 물론 썰물일 때가 있으면 밀물이 몰려올 때도 있는 법이지만, 웬만한 일은 자고 나면 괜찮아진다. 원인을 알 수 없는 초조함이나 외로움에 사로잡힐 때면 나는 바로 잠자리에 든다. 수면은 심신에 고루 좋다고 하니까.

페이스북에서 결혼, 출산에 대한 소식을 들을 때마다 잘됐다고 생각하면서 동시에 지금의 내 생활이 얼마나 단출한지를 실감한다. 그리고 그다음에는 머릿속에 이모의 얼굴이 떠오르고 "결혼해서 가정을 가져야 여자는 제일 행복한 법이란다. 그러지 못하는 넌 여자로서 실격이야"라는 잔소리가 시작된다. 어린 시절부터 이모는 내게 순응하는 삶을 살라고 말하곤 했다.

결혼이나 출산에는 타이밍이나 운 같은 여러 요소가 반드시 따라주어야 한다. 혼자서는 절대로 할 수 없는 일이니까.

하지만 이모의 잔소리를 떠올릴 때면 '내가 여자답지 않고 예쁘지 않아서 결혼이나 출산까지 도달하지 못하는 걸까?'라는 생각도 한다. 도달은커녕 출발점에도 서지 못한 것 같으니 나는 정말 여자로서 실격인지도 모른다. 마치 '여자'라는 트랙 위에 서는 것조차 거부 당하고 있는 듯하다.

고등학교에 합격했을 때 이모에게 소식을 전하려고 전화를 한 적이 있는데 그때 들었던 말을 아직도 잊을 수 없다. "그래도 여자는 조금 멍청한 편이 나아. 여자는 남자랑 결혼해서 가정을 꾸려야 행복해질 수 있는 거란다"라는 말. 충격적이었다. 처음으로 내가 직접 진로를 선택해서 합격 통지를 받았음에도 축하한다는 말보다 이런 말을 들어야 한다는 것이……. 내가 해온 일은 전부 헛수고였던 걸까? 그간의 갈등과 결단, 합격할 때까지 해온 모든 노력들을 부정당하는 기분이었다.

내 외가는 시가현의 신호등도 없는 마을이고 가장 가까운 역까지는 차로 20분 정도 걸린다. 마을에서 조금 떨어진 곳에 스타벅스가 생기면 개점 첫날에 엄청난 행렬이 생기는 곳이기도 하다. 쓸데없이 약국만 많았고 취직, 결혼, 출산 같은 소식이 빛의 속도로 퍼져나가는 전형적인 시골 마을이었다. 어머니를 포함한 세 자매는 나름대로 괜찮은 남편을 만나 전업주부가 됐다. 그리고 아이를 낳은 뒤 세 사람 모두 불행해졌다. 불행의 원인은 가정 폭력, 빚, 알코올 중독 등으로 각자 달랐다. 행복해 보이는 부부는 외조부모님뿐이었고 어머니와 이모들의 가정은 가족으로서의 기능을 점점 상실해갔다.

어머니와 이모들이 결혼할 당시는 평등하게 맞벌이를 하는 대신 여자가 일을 그만두고 전업주부가 되는 것을 당연시하던 시절이었다. 스물다섯이 넘도록 결혼하지 못하면 노처녀 취급을 받았으니 '결혼해서 가정을 꾸리는 것이 여자의 행복'이라는 가치관이 맞았을지도 모른다. 시골이었던 만큼 여남이 결혼해서 가정을 이루는 것을 다들 당연시했고 세상에는 다양한 형태의 행복이 있다는 사실을 알지 못했을 수도 있다. 하지만 결혼해서 가정을 꾸리고 있으면서도 내 주변에 행복해 보이는 사람이 한 명도 없으니 나는 행복한 가족을 좀처럼 상상하기 힘들다. 남편이 죽길 바랄 만큼 미워하면서도 자립할 능력이 없어 이혼하지도 못하고 어쩔 수 없이 함께 살아가는 모습은 불행 그 자체였다.

'남들 보는 눈이 무서워서' 혹은 '아이들 때문에' 같은 이유는 핑계일 뿐이고, 결국 이혼 후 사회에 복귀하고 나면 예전과 비슷한 생활 수준을 유지할 수 없어서가 아니었을까? 나는 지금도 그렇다고 생각한다.

당시 나는 중학교 3학년이었으니 절대적인 결혼관 같은 것은 없었다. 하지만 어렸을 때부터 결혼에 대한 로망도 없었고 아이를 낳고 싶지도 않았다. 차라리 열심히 일해서 남자에게 내 인생을 맡기지 않고 당당히 살아갈 수 있게 되길 원했다. 결혼이나 출산은 나중에 기회가 되면 하고 싶은 정도였을 뿐 못한다고 해서 불행할 것 같지도 않았다. 여자로서가 아닌 한 인간으로서 내 힘을 인정받고 싶다고도 생각했다. 그런 마음은 지금도 바뀌지 않았다. 다만 당시에는 이성에게 인기가 많아지는 방법이나 좋아하는 사람의 관심을 끄는 방법에 대해 진지하게 고민하는 시기였기에 10년, 15년 뒤 '남자와 결혼해서 가정을 꾸리는 행복'이 기다리고 있을지도 모른다고 막연하게 생각했을 뿐이다.

하지만 나를 행복하게 만들어줄 사람을 기다리는 것, 남자에 의해 내 행복이 좌우되는 인생 따위는 분명히 재미없다. 자신보다 멍청해 보이는 여자와 결혼해서 여자보다 우위에 서려는 남자는 내가 먼저 거절한다. 나는 남자가 가져다주는 행복을 기다리지 않는다. 혼자서도 똑바로 걸어갈 수 있다는 것, 내 능력을 인정해줄 곳이 있다는 것 그리고 내 힘으로 행복해질 수 있다는 것을 증명해내고 싶다.

결혼과 출산은 분명 인생에서 얻을 수 있는 행복 중 하나다. 하지만 내 인생은 그것으로 한정되지 않는다. 결혼을 하든 못하든 나는 후회하지 않을 테고, 스스로 만족할 만한 인생을 살아갈 수 있을 것이라 믿는다. 무엇이 내 행복인지는 아직 정확히 알 수 없고, 분명 죽을 때까지 모를 것이다. 나는 인생에 기본적인 단계가 있음을 강요받는 분위기에서 여전히 흔들리고 있지만 끝까지 내 안에서 행복을 찾길 바란다. 이런 사고방식 때문에 내가 남자들에게 인기가 없는 건지도 모르겠지만.

독특하고 은밀한 취향

5킬로그램만 더 빼고 싶다. 아니, 최소한 2킬로그램이라도. 그럼 얼굴 윤곽이 또렷해지고 전체적으로 갸름한 인상이 될 것 같다. 좀 더 다양한 옷을 입는 것도 가능해질지 모른다. 목욕을 하려고 세면대 앞에서 옷을 벗을 때, 거울에 비친 내 모습을 보며 낙담하는 대신 '와! 몸매 좋은데'라며 내 날씬한 몸을 칭찬할 날이 올 수도 있다.

그렇다. 나는 어렸을 때부터 큰 엉덩이가 콤플렉스였다. 부끄러운 이야기지만 허리와 허벅지 부분은 여유가 있는데 엉덩이 부분만 꽉 끼어서 어쩔 수 없이 마음에 드는 바지를 포기해야 할 때가 많았다. 피팅룸 밖에서 기다리던 점원에게는 "입어보니까 생각했던 거랑 다르네요"라며 묻지도 않은 핑계를 대는데, 물론 그건 거짓말이다. 사실은 보자마자 마음에 쏙 들었지만 아무리 몸을 구겨 넣어도 입을 수 없었던 것뿐이니까. 내 몸에서 불균형하게 큰 엉덩이가 좀 더 날씬해지면 내 인생에서도 뭔가가 바뀔지 모른다.

살을 빼고 싶다. 가능하다면 아무 노력도 하지 않고. 좋은 몸매를 갖고 싶다는 생각도 한다. 하지만 맛있는 음식을 끊고 싶지는 않다. "어떻게 하면 그렇게 날씬해져?"라는 질문에 "아무것도 안 해. 체질인 것 같아"라고 대답해보고 싶다. 하지만 아무래도 나는 피땀 어린 노력 없이는 날씬해지기 힘든 체질인 것 같다.

다이어트에 관한 문제는 여자라면 누구나 한 번쯤 고민하기 마련이다. 나 역시 예외는 아니다. 배와 엉덩이에 달라붙은 지방이 전부 가슴에 모이면 얼마나 좋을까? 자고 일어나니 모델처럼 멋진 몸매가 된다면? 망상이나 공상은 수도 없이 하지만, 정작 살을 빼기 위해 진지한 노력은 해본 적이 거의 없다. 사흘 정도가 지나면 날씬해지고 싶었던 마음이 어딘가로 사라져버리지만, 라멘이나 카레, 불고기와 치즈케이크 같은 음식들은 언제 먹어도 맛있다.

내 무의식 안에는 날씬해지고 싶다는 생각이 잠들어 있고 그 생각은 그날의 기분에 따라 커지기도, 작아지기도 한다. 그건 다른 여자들도 마찬가지일 것이다. 다들 입버릇처럼 날씬해지고 싶다고 말하지만 식사 뒤에 먹는 디저트를 남기지도, 술 약속을 거절하지도 않는다.

여자로 태어나면 모두 마음속 어딘가에서 날씬해지고 싶다는 생각을 하는 것 같다. 그러나 나는 가끔씩 그런 사실이 무척 아쉽게 느껴진다. 날씬해져야 한다는 생각이 사회적으로 주입된 것이기 때문이기도 하지만 그보다는 내 개인적인 취향 때문이다.

나는 뚱뚱한 여자를 보면 묘한 설렘을 느낀다.

뚱뚱한 여자를 좋아하는 내겐 언젠가 그런 사람에게 힘껏 안겨보고 싶다는 은밀한 꿈이 있다. 한 번이라도 좋으니 살을 맞대보고 싶다. 이런 내 욕구는 일종의 페티시나 성욕에 포함되는 것인지도 모른다.

'통통'하거나 '안기면 폭신할 것 같은' 수준이 아닌 100킬로그램이 족히 넘는 덩치 큰 여자에게 힘껏 안겨보고 싶다. 역의 승강장에서, 친구와 우연히 들어간 술집에서, 근처 슈퍼마켓에서 꽤나 덩치 큰 여자가 눈에 띌 때마다 나는 그녀를 가만히 바라보면서 '부탁입니다. 저를 껴안아주세요'라고 머릿속에서 되뇐다. 참고로 나는 동성애자나 양성애자가 아니다. 단지 순수하게 안겨보고 싶을 뿐이다.

아쉽지만 내 친구들 중에는 그 정도로 뚱뚱한 여자가 한 명도 없다. 만약 있었다 해도 "부탁이니 나를 있는 힘껏 안아줘" 같은 말은 죽어도 못 할 것이다. 상대가 나를 드디어 미쳤다고 생각할지도 모르고 우정에 금이 갈 가능성도 있다.

남자한테 안기면 되지 않느냐고? 아니, 아니, 뭘 모르는 말씀이다. 여자의 몸과 남자의 몸은 근육량이 전혀 다르다. 딱딱한 근육 덩어리에 안겨봐야 내 욕구는 충족되지 않는다. 뚱뚱한 남자와 가벼운 허그를 나눈 적은 있지만, 나는 이것만은 단언할 수 있다. 반드시 뚱뚱한 여자여야 한다!

하지만 내 묘한 욕구는 충족되지 못한 채 날마다 쌓여만 가고 있었다. 그리고 어느 날 갑자기 그 욕구 불만이 해소되는 순간이 찾아왔다.

그날 나는 친구와 대낮부터 술을 마시기로 하고 약속 장소로 가기 위해 지하철을 기다리던 중이었다. 열차가 들어오고 눈앞의 문이 열리자, 그곳에 있었다. 그렇다, 뚱뚱한 여자였다. 게다가 그녀의 옆자리는 비어 있었고 열차 안은 적당히 붐볐다. 괜찮다. 자연스럽다. 나는 뭔가에 빨려들듯 그녀 옆으로 다가가 앉았다.

지금 돌이켜보면 내 몸이 뚱뚱한 여자의 몸과 가까이 닿은 건 그때가 처음이었는데 그건 마치 기적을 체험하는 순간 같았다. 정말로 푹신푹신했고, 그녀의 몸에 닿은 내 팔은 구름에 휘감긴 것만 같았다. 자리는 무척 비좁았지만 내 몸 왼쪽은 천국을 경험하고 있었다. 게다가 살찐 사람 특유의 냄새도 났다. 그렇다. 내겐 냄새 페티시도 있었다. 욕구가 이런 형태로 고조될 줄이야. 새로운 발견이었다.

이런 몸에 힘껏 안길 수 있다면 어떨까? 좀 더 제대로 몸을 맞댈 수 있다면 어떤 감촉이 느껴질까? 배 쪽에 얼굴을 파묻으면 어떤 느낌일까? 그런 망상으로 10분 정도가 지났을까. 내 옆에 앉은 뚱뚱한 여자는 스마트폰 어플에 열중하고 있었다. 옆에 앉은 묘령의 여자가 이상한 흥분을 느끼고 있다는 사실은 꿈에도 모른 채 말이다.

이 여자도 살을 빼고 싶다고 생각할까? 아니, 아니, 그게 무슨 막말이란 말인가. 이 정도로 살이 찌려면 재능이 필요하다. 일단 무릎이 튼튼하지 않으면 불가능하다. 그리고 골고루 뚱뚱해지는 것은 균형 있게 날씬해지는 것만큼이나 어려운 일이다. 식생활도 마찬가지다. 그녀가 왜 뚱뚱해졌는지는 모르지만, 만약 좋아하는 음식을 먹어 살이 찐 거라면 그건 칼로리가 높으면서도 영양이 고루 균형 잡힌 식사를 본능적으로 선택했다는 말이 된다. 정말 최고다! 이대로 나를 꽉 끌어안아줘!

내 이런 취향이 너무 이상하게 들리지 않았으면 좋겠다. 그럼에도 어쨌든 나는 언제나 뚱뚱한 여자에게 시선을 빼앗기며 안기고 싶다는 생각을 한다. 내 주변에 100킬로그램이 넘는 사람들만 있다면 얼마나 좋을까? 그렇게 되면 내 욕구도 충족될 테고 날씬해지고 싶다는 생각을 더 이상 안 하게 될지도 모른다.

조심스레 소망한다. 내 취향을 지키기 위해서라도 획일적인 취향을 강요하지 않는 사회가 되기를. 다양한 사람, 다양한 형태의 아름다움을 발견하는 재미를 알아가기를.

소녀에서 여자로

"그럼 여덟 시에 시작할까?"라는 말을 들었을 때 나는 대체 뭘 시작한다는 건지 알 수 없었다. "뭘 할 건데?"라고 물어도 친구들은 서로의 얼굴을 마주보고 있을 뿐 아무 대답도 해주지 않았다. 불길한 예감이 들었지만 아무것도 모르는 나는 그 자리에서 멍하니 있을 수밖에 없었다.

3, 2, 1……. 여덟 시가 되는 순간 모두들 교실을 뛰쳐나가더니 어딘가를 향해 달려갔다. 전혀 영문을 몰랐던 나는 그들을 뒤쫓으려 했지만 아무리 해도 따라잡을 수 없었다. 내가 거의 따라잡았다 싶으면 여섯 명의 여자아이들은 또 어딘가를 향해 뛰어갔다.

나는 그제야 깨달았다. 다음은 내 차례였던 것이다. 당번처럼 돌아가던 괴롭힘의 대상이 드디어 나로 바뀐 것이다.

어느새 내 주변에는 아무도 없었다. 휑뎅그렁한 복도는 평소보다 더욱 넓어 보였다. 조용한 세계에서 아이들의 웃음소리가 희미하게 들려왔다. 분명 내가 아무것도 모른 채 계속 따라가려던 것을 비웃고 있었을 것이다. "바보라니까", "완전 짜증 나" 같은 말을 했는지도 모른다.

나를 대상으로 하는 철저한 따돌림은 그날 여덟 시부터 그렇게 시작됐다. 평소에는 순식간에 지나가버리던 아침 쉬는 시간이 지독하리만큼 길게 느껴졌다. 내 존재가 허용되는 세계는 더 이상 존재하지 않는 것 같았다. 죽어버리고 싶었고, 학교에도 가고 싶지 않았다. 앞으로 어떻게 살아야 할지 막막하기만 했다. 지금 떠올려보면 바보 같은 이야기지만 그때는 정말 진지하게 그런 생각을 했다.

여섯 명의 여자아이들과 나는 같은 농구부 소속이라 아침 연습과 방과 후 연습 등 매일같이 얼굴을 마주해야 했다. 따돌림이 시작된 뒤로 나는 교실에 있든 연습을 하든 늘 초조했고, 빨리 시간이 지나가버리면 좋겠다고 생각했다. 누군가가 도와주기를 간절히 바랐지만 학교에 내가 있을 곳은 어디에도 없었다.

연습을 할 때도 내게는 패스가 오지 않았다. 내가 슛을 할 때 “나이스 슛!”이라며 아이들이 외쳐주는 목소리도 작아진 것 같았고, 달리기나 시합을 할 때도 다들 나를 피하는 듯했다. 어쩌면 단순히 기분 탓이었는지도 모른다. 하지만 따돌림은 그 뒤로도 쭉 이어졌다.

연습 시작 전에 자유롭게 슛을 쏘는 시간이 있었다. 각자 자신의 포지션에 맞는 슛을 연습하는 것이다. 키가 큰 나는 센터였기 때문에 골밑에서 슛이나 리바운드를 연습 중이었다.

그때 뒤에서 세게 날아온 농구공에 머리를 맞았다. 아픔을 느끼며 뒤를 돌아보자 따돌림을 주도하던 아이가 있었다. “미안! 맞아버렸네”라고 말하며 여섯 아이들이 웃고 있었다. 물론 일부러 던진 것이었지만 나는 반론을 하거나 화를 낼 수 없었다. 여기서 반발해봐야 나에 대한 따돌림이 끝날 리 없었기 때문이다. 살짝 웃으며 “괜찮아, 괜찮아”라고 말하는 것이 고작이었다. 사실은 조금도 괜찮지 않았으면서 말이다.

두세 달이 지나자 나에 대한 따돌림은 어느새 끝나 있었다. 내 모교는 여러모로 문제가 많았고 불량 학생도 많은 곳이었다. 여자 화장실에서 모닥불을 피우는 걸 본 적이 있는가 하면 교문 앞에서 험악해 보이는 무리가 누군가를 기다리는 걸

본 적도 있다. 담배를 피우는 건 예사였고 무면허로 오토바이를 타고 다니는 학생도 있었다.

불량했던 건 내가 소속된 농구부도 마찬가지라서 도둑질이나 집단 괴롭힘 같은 문제가 끊이질 않았다. 그러던 중 어떤 큰 사건이 발생했는데, 어쩌다 보니 나에 대한 따돌림도 함께 드러났다. 우리 모두는 선생님에게 불려 갔다.

"왜 얘를 괴롭힌 거야?! 무슨 이유라도 있었어?"

내가 있는 앞에서 그런 질문을 한다는 것이 웃겼지만 나는 잠자코 있었다.

여섯 명은 입을 다물고 있었다. 여름이 코앞까지 다가온 시기였다. 생활 지도실 안에서는 선풍기 소리만 들려왔다.

"그럼 재는 왜 괴롭힌 거야? 다 알고 있어!"

"흉내를 내서 짜증 나게 하잖아요."

내 전에 괴롭힘을 당한 아이는 따돌림을 주도한 여자아이의 옷을 따라 입다 미움을 산 것 같았다.

"그러면 얘는 왜 따돌렸어?"

교사는 나를 가리키며 눈치 없이 이유를 다시 물었다. 제발 그만……. 나는 당장이라도 그 자리에서 도망치고 싶었다. 바깥에서는 야구부가 연습하는 소리가 들렸다. 그러고 보니 이제 곧 은퇴 시합이 열리는 시기였다.

따돌림을 주도한 아이가 침묵을 깨고 무겁게 입을 열었다.

"그냥요."

그냥. 나는 그냥 따돌림을 당했고 그냥 농구공에 맞았다. 그냥 짜증 나고 그냥 싫고 어쩌다 보니 지금까지 따돌림을 당한 적이 없길래 차례가 돌아온 것이다. 내게 뭔가 결정적인 이유가 있었던 것이 아님에도 그냥 따돌림을 당해왔다니.

어이가 없어서 웃음이 났다. 그것 때문에 나는 죽고 싶다는 생각을 하고 세상이 끝나버린 기분을 느꼈다. 바보 같은 일이다.

그 시절의 나는 좁은 세계에서 살아가고 있었다. 매일 집과 학교만 오갔고, 어느 한 곳에서 배척당해도 내가 있을 곳은 없다고 믿었다.

특히나 또래 문화가 중요한 십 대 여자아이는 반드시 어느 한 무리에 속해야만 했다. 이것은 암묵적인 규칙 같은 것이었으므로 어디에 가고 무엇을 하든 같은 무리의 아이들과 함께해야 했다. 그때는 그런 식으로 살아가는 방법밖에 알지 못했다.

핸드폰에는 같은 모양의 장식을 달아야 했다. 문자 메시지가 오면 5분 내로 답장을 해야 했다. 좋아하는 사람이나 남자 친구가 있어야 했고, 같은 연예인을 좋아해야 했다. 드라마와 음악 방송을 매주 보지 않으면 대화에 낄 수 없었다. 그것이 내가 살아가는 작은 세계 안에서의 규칙이었다.

하지만 내겐 그 규칙이 맞지 않았다. 핸드폰 장식은 좋아하지도 않았고 매일 보는 아이들과 문자 메시지를 주고받는 것도 귀찮았다. 좋아하는 사람이나 남자 친구도 없었으며 드라마나 음악 방송에도 별 관심이 없었다. 그럼에도 내 작은 세계에서 정해진 규칙을 지키는 건 당연한 일이라고 생각했다.

지금도 인간관계 때문에 숨이 막힐 때면 따돌림 당했던 그 시절을 떠올리곤 한다. 꿈속에서 그 상황이 그대로 재현된 적도 있는데, 마음이 산산조각 나며 깊은 바다 속으로 가라앉는 기분이었다.

따돌림이나 괴롭힘은 누구나 한 번쯤 경험하는 일인지도 모른다. 하지만 내겐 그 세계가 전부였다. 그곳에서 부정당한 순간, 더는 살아갈 수 없을 것만 같았다.

지금은 무섭지 않다. 이제는 누군가로부터 무시를 당하거나 미움을 받아도 그 사람과 되도록 마주치지만 않으면 된다고 가볍게 생각할 수 있게 됐다. 따돌림을 당한 이후 내가 좋아하는 것들을 찾아냈고, 나를 인정해주는 사람들을 알게 됐고, 어떤 생활이든 의외로 잘 적응할 수 있다는 사실을 알게 됐기 때문인 것 같다. 마음을 지탱해주는 커다란 기둥 같은 것이 몇 개 세워지면서 나는 웬만한 일로는 상처를 받지 않게 됐고, 단단해질 수 있었다.

이따금씩 인간관계 때문에 중학생 시절이 떠오를 때면 숨이 막히고 죽을 것 같은 기분이지만, 그럴 때마다 나를 지탱해주는 다양한 것들을 머릿속에 떠올린다. 그러면 내 상황이 별일 아닌 것처럼 느껴지고 답답함은 어딘가로 쏙 사라져버린다.

오늘 나 좀 멋있는 것 같아

"눈이 완전히 갈색이네."

그런 말을 들을 때마다 나는 미소를 짓지만 내심 상처를 받는다. 내 눈은 매우 진한 갈색이다. 눈동자 색 때문에 컬러 렌즈를 낀 거 아니냐, 혼혈이 아니냐는 질문을 받을 정도다.

내 눈동자는 아버지와 많이 닮았다. 원래 맏딸은 아버지를 많이 닮는다는데, 그것은 우리 가족에게도 적용되는 이야기 같다.

나는 아버지와 많이 닮은 딸로 자랐다. 눈동자 색뿐만 아니라 다양한 부분이 어머니보다는 아버지와 더 닮았다. 외모뿐 아니라 사고방식이나 성격까지도. 어머니와 딸인 내게 아무렇지 않게 폭력을 휘두르고 자존심과 여성성을 깔아뭉개던 아버지와 나는 눈동자 색이 똑같을 정도로 닮았다.

가장 경멸해왔던 아버지와 꼭 닮은 내 미래를 생각하면 두려워진다. 어쩌면 나는 결혼해서 내 배우자의 자존심을 깔아뭉개는 말을 하거나 아이를 낳아 키우면서 내 말을 듣지 않는다고 아이에게 손찌검을 하게 될지도 모른다. 가까운 미래에 내가 그런 인간이 될 수도 있다고 생각하면 두려운 마음이 든다.

갈색의 내 눈동자를 거울에 비춰볼 때마다 내가 아버지의 피를 이어받았다는 사실을 떠올린다.

"똑바로 뭔가를 바라볼 때의 네 눈은 말이지, 갈색이라 무서우면서도 멋있어"라고 A군이 말했다. 내가 아직 대학생이던 시절이었다. 우리는 진보초의 카페 사보우루에서 마주 앉아 토스트와 멜론 크림소다를 먹고 있었다. 이미 몇 년이나 지났지만 나는 그가 해준 말을 잊지 못한다.

술집이 아닌 곳에서 사람을 만나는 것은 꽤나 오랜만이었다. 아니, 그런 경우는 내 인생에서 셀 수 있을 만큼 적었다.

술을 마시고 머리끝에서 발끝까지 취기가 돌면 쓸데없는 생각을 하지 않게 된다. 내가 즐거우면 상대방을 신경 쓰지 않고 뭘 해도 될 것 같은 기분이 든다. 서로 나눈 대화도 다음 날에는 거의 잊어버릴 수 있었다. 알코올은 내게 필수품이었고 사람들과 만날 때 나를 지켜주는 부적이나 다름없었다.

하지만 A군과 만날 때는 그 부적이 없었다. A군과 보낸 시간을 아직도 기억하고 있는 것은 그 덕분인지도 모른다. A군은 술을 좋아하지 않았다. 그래서 그와 만날 때는 항상 편한 카페에 가서 조금 늦은 점심을 먹는 것이 보통이었다.

남자가 내 눈동자 색에 대해 이야기한 것은 그때가 처음이었다. 내 콤플렉스를 들킨 것 같아서 갑자기 창피한 기분이 들었다. 사실 아무것도 아닌데 말이다. 콤플렉스는 자의식 과잉에 불과할 뿐 다른 사람에게는 나의 콤플렉스 따위 아무런 문제가 되지 않는다.

그때 나는 A군에게 정확한 이유는 모르겠지만 내 눈동자 색이 너무 싫고 콤플렉스로 느껴진다고 이야기했다. 그러자 그는 남들에겐 누군가의 콤플렉스 따윈 아주 사소해 보인다는 이야기와 함께 자신 역시 팔꿈치에 생긴 작은 흉터가 콤플렉스라고 말해줬다. 알려주지 않으면 아무도 모를 만큼 아주 작은 흉터였다. 스스로에 대한 열등감으로 똘똘 뭉친 나도 다른 사람의 콤플렉스에는 무덤덤했다.

콤플렉스란 원래 그런 것이다. 신경 쓰는 사람은 나뿐이고 먼저 이야기하기 전에는 아무도 알아차리지 못한다. A군은 내 눈동자를 보며 "괜찮아. 신경 쓰지 마. 난 굉장히 멋있다고 생각해"라고 말해줬다.

나는 지금도 그 말에 큰 위로를 받는다. 이미 오랜 시간이 지난 일임에도 그 순간을 선명하게 떠올릴 수 있다. 내 눈동자는 아버지와 닮았다. 폭력을 휘두르고 자존감에 흠집 내는 말을 하던 아버지와 꼭 닮은 적갈색 눈.

하지만 A군이 보기에는 대단한 문제가 아니었다. 다른 사람이 봐도 분명 그랬을 것이다. 지금은 거울을 볼 때마다 A군이 해준 말이 내 기억을 덧칠해주고 있다. 눈동자 색 따위는 아무것도 아니다. 신경 쓸 필요 없다. 비관적으로 생각한다 해서 달라지는 건 아무것도 없다.

A군은 어느 날 아무 말도 없이 독일로 유학을 떠났다. 귀국했을 때 연락을 했더니 "여자 친구가 싫어하니 나중에 기회가 되면 만나자"라고 했다. 나는 그 기회가 영영 오지 않으리라는 것을 어렴풋이 알고 있었고, 어느새 훌쩍 시간이 흘러버렸다.

지금은 A군의 얼굴과 목소리, 냄새도 잘 기억나지 않는다. 분명 앞으로도 서로 연락할 일은 없을 테고 길에서 마주쳐도 알아보지 못할 것이다. 하지만 그가 해준 말은 내 마음속에 오래도록 남아 있을 것이다. 거울에 비친 내 눈동자를 볼 때마다, 내 모습이 추하게 느껴질 때마다 나는 A군의 말을 떠올린다.

핑크는 나를 선택했다

내가 되도록 여자다운 옷을 입지 않는 것도, 남자 사람 친구들과 어울릴 때 비교적 털털하게 행동하는 것도 근본적인 원인은 자신감 부족이었다. 나는 주위의 여자들과 나를 비교했을 때 승산이 없다는 것을 잘 알고 있다. 천편일률적인 여자다움의 기준에서 많이 벗어나 있으니 말이다.

여자라는 성별은 좋으면서도 무섭다. 이 사회가 말하는 여성적인 가치가 내게 전혀 없다는 사실을 직면해야 할 것 같아 최대한 외면하고 싶다. 그리고 여자다움의 연장선상에는 항상 결혼과 출산이 기다리고 있는 듯해서 모든 것을 포기하고 싶어진다.

그 근저에는 내 못생긴 외모가 자리 잡고 있다. 결국 나는 내가 못난이라는 사실을 끝내 받아들이지 못한 셈이다. 쌍꺼풀이 조금 더 짙었다면, 코가 조금만 더 높았다면, 키가 더 작았다면, 어렸을 때부터 예쁘다는 말을 들으며 자랐다면 내 외모를 받아들이고 사회에서 요구하는 대로 여자답게 행동했을지도 모른다.

예쁘다는 말과 가장 거리가 먼 존재인 나는 세상에서 예쁘다는 칭송을 받는 것들로부터 자연스럽게 멀어졌다. 의식적인 행동은 아니었다. 정신을 차리고 보니 멀리 떨어져 있었을 뿐이다. 내게 어울리지 않는다는 사실을 실감하는 것이 두려웠기 때문이었던 듯하다.

그래서 핑크색이 싫었다. 못난이가 몸에 두르면 안 되는 색이라고 생각했으니까. 내겐 전혀 어울리지 않는 색이자 가장 거리가 먼 색이기도 했다. 지금도 그렇다. 물건을 사러 가면 나는 핑크색 물건을 고르지 않는다. 속옷 역시 마찬가지다. 내가 핑크색을 고른다는 것에 죄악감이 느껴지는 탓에 손에 들었다가도 한참을 고민한 뒤 다시 진열대 위에 내려놓고 만다.

내게 핑크란 선택받은 여자아이들만이 몸에 두를 수 있는 색이었다. 예쁘고 화려하고 소녀스러워서 자신이 귀엽다는 것을 잘 아는 사람만이 고를 수 있는 색. 그런 색이 내게 어울릴

리 없었다.

대학생 시절 딱 한 번 로리타 의상을 입어볼 기회가 있었다. 당시 친하게 지냈던 두 명의 친구와 각자 다른 색의 로리타 의상을 입고 디즈니랜드에 놀러간 것이다.

특별한 계기가 있었던 것은 아니었다. 대학생 시절이라 돈은 없지만 시간은 많아서 그랬던 게 아닌가 싶다. 누군가 한 명이 직접 로리타 의상을 만들어 입어보면 재미있지 않겠느냐는 아이디어를 냈고, 졸업하기 전에 꼭 해보자는 이야기를 평소부터 해오다가 그때 타이밍이 맞아서 실행에 옮긴 것이다.

직접 만든 로리타 의상을 입고 디즈니랜드에 가자는 이야기가 나왔을 때부터 나는 핑크색을 골라야겠다고 마음먹었다. 나와 가장 안 어울리고 인연이 없다고 여겼던 색의 옷을 마음껏 입어보자고 생각한 것이다. 로리타 의상을 입는 건 내게 있어 코스프레나 다름없었다. 모처럼 다른 사람이 되어볼 수 있는 기회인만큼 평소의 내가 선택하지 않을 것들을 골라보고 싶었다.

내가 만든 로리타 의상은 옅은 핑크색에 장미꽃이 가득 프린트되어 있고 레이스와 리본도 잔뜩 달려 있었다. 블라우스도 직접 만들었다. 평소에는 절대 입지 않을 디자인에 곳곳에 리본이 달린 블라우스였다. 복장에 맞춰서 이날 하루만 신을 옅은 핑크색 신발과 하얀 스타킹도 샀다. 평소의 내가 입을 옷이 아닌 가상 인물의 취향에 맞추는 기분이었다.

로리타 의상을 입고 거리를 활보하는 것만으로도 나는 사람들의 시선을 한몸에 받았다. 애써 못 본 척 고개를 돌리는 사람이 있어도 다 알 수 있었다. 화려한 로리타 의상을 입은 나를 신경 쓰고 있다는 것을 말이다. 사람은 신경 쓰이는 물체가 가까이 있으면 최대한 그것을 외면하면서도 자주 힐끔거리게 된다. 그 사실을 그때 처음 느낄 수 있었다.

디즈니랜드에 가자 불량 학생들이 반쯤 놀리듯 말을 거는가 하면 외국인 관광객이 와서 함께 사진을 찍어달라고 부탁하기도 했다. 평소의 나라면 이런 경험은 절대 못 했을 것이다. 핑크색이 안 어울리는 못난이는 더 이상 없었다. 평소에도 로리타 의상을 입고 핑크색과 레이스, 리본을 좋아하는 얌전한 여자아이가 존재할 뿐이었다.

나는 평소에도 그런 옷을 입는 사람처럼 보였다. 까만 생머리가 의상과 꽤 잘 어울렸다. 친구들도 "핑크색이 너랑 굉장히 잘 어울려"라고 말해줬다.

못난이에게 핑크색은 어울리지 않는다. 그래서 나는 지금까지 살아오면서 핑크색 물건으로 마음껏 몸을 치장해본 적이 없었다. 보통의 여자아이들이 좋아하는 건 내게 어울리지 않는다고 생각했으니 말이다. 나는 핑크색이 사회가 말하는 여성성에 부합하는 사람에게만 어울리는 색이라고 단정 짓고 있었다.

하지만 실제로 나는 핑크색이 꽤 잘 어울렸다. 평소에도 로리타 의상을 입고 다니는 사람처럼 보인다는 말을 들을 정도였으니까. 어쩐지 다행이라는 생각이 들었다. 뭐라도 하나쯤 세상의 아름다움에 합격했다는 통보를 받은 기분이었다. 더불어 어쩌면 나만의 편견에 스스로를 너무 가두고 있었던 것일 수도 있겠다 싶었다. 남들의 한마디로 내 생각이 완전히 바뀌진 않았지만 내 강박에 조금은 금이 가기 시작했다.

지금도 여전히 일부러 핑크색 옷을 입지 않고, 내 옷장 안에는 수수하거나 차분한 색의 옷만 가득하다. 하지만 그날 일을 떠올리는 것만으로도 나는 내 성별을, 내 모습을 긍정해도 될 것 같다는 생각이 든다.

그때의 나는 핑크색이 잘 어울렸다. 그리고 앞으로의 나는 분명 나만의 색을 찾게 될 것이다.

에필로그

좋아하는 걸 함께 나누고 싶은 마음

몇 년 전 어느 날 친구가 "어쩌면 나중에 책을 낼지도 모르겠네"라고 말했을 때, 조금 놀라며 "아니, 아니, 그럴 리가 없잖아"라고 부정했던 것을 지금도 기억한다. 말도 안 되는 소리라며 말이다. 그 친구는 내가 쓴 글을 좋아해주고 무엇이든 반드시 감상을 이야기해주는 착한 친구였다. 하지만 나는 그녀의 선의마저 의심하고 있었다. 내게 자신감을 불어넣기 위해, 혹은 친구라서 그렇게 말해주는 거라고.

그녀가 "이번엔 이 부분이 좋았어"라거나 "나도 똑같이 생각했던 부분이라 읽으면서 통쾌했어"라고 말해줄 때마다 몸 안쪽이 간지러웠다. 미용실에서 머리를 하며 소설을 읽을 때 미용사가 "무슨 책이에요?"라고 물을 때만큼 쑥스러웠고, 같은 반에서 별로 친하지도 않은 친구가 "맨날 무슨 음악을 듣는 거야?"라고 물을 때만큼 민망했다.

내 소중하고 비밀스러운 취향을 누군가에게 보여주는건 설레면서도 부끄럽고 민망한 일이다. 내 글을 누군가에게 보여줄 때도 분명 그런 기분이 들었다.

내가 글을 쓰기 시작한 지는 10년이 넘었다. 초등학생이나 중학생 시절의 나는 어디에나 있을 법한 평범한 학생이었다. 국어를 특별히 잘하는 것도 아니었고 독후감에는 무슨 내용을 써야 할지 언제나 고민했었다. 여름방학 숙제는 항상 개학 전날 벼락치기로 해치우는 타입이었고 결코 머리가 좋다고는 할 수 없었다. 그리고 오랜 세월에 걸쳐 인터넷에 잡다한 글을 쓰는 사이 이렇게 정말 책을 내게 됐다. 신기한 일이다. 지금도 꿈이나 몰래카메라인 것만 같다.

게다가 내 인생에서 10년 동안 꾸준히 해온 일은 글쓰기가 처음이었다. 지금도 글을 쓰는 게 좋냐는 질문을 받으면 곧바로 그렇다는 대답이 나오지는 않는다. 그저 '어쩌다 내가……', '이제 쉬고 싶다', '쓰기 싫어', '지쳤어' 같은 두려움을 간직한 채 키보드를 두드릴 뿐이다.

끊임없이 투덜거리고 스스로의 재능을 의심하면서도 10년 넘게 글을 쓰다 보니 농담이 현실로 이루어졌다. 그 친구가 해줬던 말처럼 내 글들은 책이 됐다. 나는 대체 어떤 표정으로 이 소식을 전해야 할까?

그 친구는 그때 내게 해준 말을 기억하고 있을까? "만약 정말로 책이 나오면 꼭 살게. 그러니까 표지 뒤에 사인해줘"라고 말했는데……. 그리고 반쯤 농담으로 "사인이 들어가 있으면 프리미엄을 붙여서 비싸게 팔 수 있겠지? 내 이름은 안 써줘도 돼. 다 읽으면 인터넷 경매에 올려야지"라는 말도 했었다. 경매에서 비싼 값이 붙을 만큼 내가 유명한 사람이 될 것 같지는 않지만, 곱씹어보니 기분 좋은 말이었다.

내가 글을 쓰게 된 계기는 범프 오브 치킨(Bump of Chichen)이라는 가수 때문이었다. 음악을 좋아했지만 주변에 이야기할 만한 친구가 거의 없어서 나는 인터넷에 내가 좋아하는 것들과 그날 있었던 일을 적기 시작했다.

중학생 시절에 그 가수를 알게 된 뒤 고등학생이 되어 아르바이트를 시작했고 그렇게 번 돈 모두를 음악에 쏟아부었다. 매달 CD를 사는 데 큰돈을 썼고 매주 요코하마에서 도쿄까지

라이브 공연을 보러 다녔다.

중학생 시절에 내게 좋은 음악을 많이 알려준 친구와는 어느샌가 소원해지고 말았다. 특별한 이유가 있었던 것은 아니었다. 졸업한 뒤로 한 달에 한 번 정도 같이 노래방에 가거나 패밀리 레스토랑에서 밥을 먹으며 놀곤 했지만, 둘 중 한 명이 중요한 약속이 생겨 못 만난 뒤로 더 이상 약속을 잡지 않게 된 것 같다. 정확히는 기억나지 않는다.

아무튼 나는 내가 좋아하는 것에 대해 이야기할 수 있는 사람이 좋았다. 세상은 이렇게 넓은데 나와 똑같은 것을 좋아하는 사람은 왜 이리도 만나기 힘든가 싶었다.

학교에 다닐 때 친구들은 나 빼고 다들 비슷한 것을 좋아했고 나는 그것이 무척이나 불편했다. 쉽게 말해 재미없고 지루하기만 했다. 친구들은 TV와 잡지에 나오는 것만 좋아했고 늘 연애 이야기나 화장품, 패션이 화제의 중심이었다. 아무리 해도 그건 내겐 맞지 않는 세계였고, 나는 반 친구들 사이에서도 '그런 것에 별로 관심 없는 사람'으로 인식됐다.

그러다 나는 인터넷 세계에 발을 들였고, 여러 개인 블로그를 통해 찾아낸 것이 '메일 매거진'이라는 문화였다. 사실 이건 내 흑역사 그 자체라고 할 수 있어서 지금은 별로 떠올리고 싶지 않다.

이 메일 매거진은 기업에서 보내는 메일과 마찬가지로 미리 등록된 사람들에게 내가 작성한 텍스트를 보내는 시스템이었다. 나는 거기에 내가 좋아하는 음악이나 내 생각에 대한 글을 매일 적었다. 내가 좋아하는 이야기를 자유롭게 적어 보낼 수 있는 친구가 생기자 함께 라이브 공연을 보러 가고 밥을 먹고 서로의 집에서 자기도 했다.

그 친구와는 글을 처음 쓰기 시작한 무렵에 만났으니 벌써 10년 가까이 알고 지낸 셈이다. 중고등학교 친구들과는 전혀 연락을 주고받지 않지만, 이때 알게 된 사람들과는 지금도 가끔씩 연락하며 술을 마신다. 그중에는 나와 전혀 다른 생활을 하게 되면서 이야기가 거의 통하지 않게 된 사람도 있다. 하지만 그럼에도 계속 만나고 있다. 아마 그때 메일을 통해 나눴던 이야기 덕분인 것 같다.

그 뒤 블로그나 다양한 SNS가 유행하면서 유행에 따라 플랫폼을 옮기다 마침내 정착한 곳이 트위터였다. 처음에는 유행하는 것 같으니까 나도 한번 해보자는 생각이었다. 몇 년이 지나자 팔로워가 점점 늘어났다. 가장 큰 계기는 대학생 시절

선거 시기에 올렸던 "자원봉사나 인턴십에 참여하는 깨어 있는 대학생과 나같이 별 볼 일 없는 사람의 선거권이 평등하다는 건 이상한 것 같아"라는 글 덕분이었다. 팔로워가 늘자 기업에서 용돈 정도의 금액을 받으며 기사를 쓰거나 1년에 한 번꼴로 토크 이벤트를 열기도 했다.

이렇게 누군지 모르는 사람들까지 내가 쓴 글을 읽게 된 것은 단순한 우연이었다. 당시 트위터에는 결혼이나 취향, 외모에 대해 솔직한 생각을 이야기하는 사람이 별로 없기도 했지만 운이 많이 따른 것이라 생각한다. 모든 것이 잘 들어맞지 않았더라면 나는 이렇게 투덜거리면서 글을 쓰지 못했을 것이다.

내 곁에는 늘 글이 있었다. 어린 시절부터 나는 책을 좋아했고 매주 도서관에 다녔다. 지금도 그게 습관처럼 남았고 시간이 날 때마다 좋아하는 소설을 읽는다. 방에 있는 작은 책장에 빼곡히 늘어선 책등을 보는 게 좋다. 가만히 보고 있으면 마음이 편안해진다.

나는 내 감정을 글이 아닌 다른 방법으로 표현하거나 사람들에게 전달하는 방법을 잘 모른다. 지금까지의 인생 동안 타인과 제대로 마주했던 적도 없다. 애인이나 친구, 가족들의 눈을 똑바로 들여다보며 내가 평소에 무슨 생각을 하는지, 무엇이 슬펐는지, 오늘은 무슨 일이 있었는지를 제대로 이야기해본 적이 없다. 사람에게 서툰 나는 자연스레 직접 이야기하는 것보단 키보드를 두드리는 일에 익숙해졌다.

농담은 할 수 있다. 즐겁게 대화할 수도 있고 처음 만나는 사람과도 친해질 수 있다. 물론 술이 있다면 말이다. 하지만 조금도 웃을 틈이 없는 대화는 내게 고역이었다. 웃지 않으면 나에 대해 안 좋게 생각하는 것은 아닐까 하는 생각마저 들었다. 사람들과 깊은 관계를 맺는 것이 두려운 나는 슬프거나 힘든 일이 있으면 못 다한 말과 감정을 글로 써서 남기는 게 고작이었다.

어린 시절에는 어른이 되는 것이 늘 무서웠다. 평범한 회사원이 되어 지루한 나날을 보내다 결혼하는 것만이 내게 준비된 미래일 거라 여겼다. 그리고 일을 하거나 결혼하는 내 모습을 좀처럼 상상할 수 없어 늘 불안했다.

책을 내거나 전업 작가가 되고 싶다는 생각도 지금껏 한 번도 해본 적이 없다. 아니, 나로서는 상상조차 할 수 없는 일이었다. 마치 하늘을 날고 싶다거나 아이돌이 되고 싶다거나 석유

재벌과 결혼하고 싶다는 이야기만큼 비현실적인 것이었달까.

신기한 일이다. 나는 어쩌다 이렇게 많은 글을 쓰게 된 걸까? 평범하게 재미없는 인생을 살다 평범하게 죽게 될 거라고 생각해왔는데 말이다. 꿈이나 목표를 가진 적도 없었는데 그보다도 커다란 뭔가가 지금 내 앞에 놓여 있다.

나는 글을 쓰면서 대체 무엇을 얻었을까? 내 감정을 가장 잘 표현할 수 있는 수단이자 별 볼 일 없는 내게 아주 작은 가치나마 부여해준 것은 분명 글이었다. 글을 쓰면서 스스로 위로받은 적도 있었다. 주위 사람들이 가장 많이 인정해준 것도 내가 쓴 글이었고, 덕분에 내 개성이 인정받은 것 같기도 하다. 만약 글을 쓰지 않고 지금보다 더욱 평범하게 살았더라면 나는 더욱 고독하고 형편없는 인간이 됐을 것이다.

사실 나는 내 이야기를 들어줄 사람이 필요해서, 누군가에게 나를 이해시키고 싶어서 글을 쓰기 시작했다. 여전히 내게는 사람들과 마주하는 대신 글을 쓰는 능력만이 있지만, 이렇게라도 내가 나를 이해하고 내 글을 통해 누군가와 함께 공유할 수 있다면 그것은 그것대로 괜찮은 일이라 생각한다.

옮긴이 김진환

단국대학교 일본어학과를 졸업하였으며, 현재 번역에이전시 엔터스코리아에서 전문 번역가로 활동하고 있다.

저는 살짝 비켜 가겠습니다

초판 1쇄 인쇄 2019년 8월 19일
초판 1쇄 발행 2019년 8월 26일

지은이 아타소
옮긴이 김진환

발행인 이재진 **단행본사업본부장** 김정현
편집주간 신동해 **편집장** 이남경 **책임편집** 황인화
마케팅 이현은 최혜진 **홍보** 박현아 최새롬
국제업무 최아림 박나리 **제작** 정석훈
디자인 박정민 **일러스트** DAYE KIM **교정교열** 장윤정

브랜드 웅진지식하우스
주소 경기도 파주시 회동길 20
주문전화 02-3670-1595 **팩스** 031-949-0817
문의전화 031-956-7359(편집) 031-956-7567(마케팅)
홈페이지 www.wjbooks.co.kr
페이스북 www.facebook.com/wjbook
포스트 post.naver.com/wj_booking

발행처 (주)웅진씽크빅 **출판신고** 1980년 3월 29일 제406-2007-000046호

ISBN 978-89-01-23390-1 03830

※ 이 도서의 국립중앙도서관 출판예정도서목록(CIP)은 서지정보유통지원시스템 홈페이지(seoji.nl.go.kr)와 국가자료공동목록시스템(www.nl.go.kr/kolisnet)에서 이용하실수 있습니다(CIP제어번호: 2019028821).

※ 책값은 뒤표지에 있습니다.

※ 잘못된 책은 바꿔드립니다.